Monica Hughes
Jäger in der Nacht

Die Autorin:

Monica Hughes stammt aus Liverpool (England) und ist in Ägypten und Großbritannien aufgewachsen. Heute lebt sie mit ihrem Mann und vier Kindern in Kanada.
Monica Hughes ist eine bekannte Kinder- und Jugendbuchautorin; sie verfaßte u. a. ›Wenn das Eis kommt‹, ›Hinter dem Dunklen Fluß‹, ›Das Geheimnis der Großen Düne‹. Ihre Bücher wurden mehrfach ausgezeichnet, für ihr Gesamtwerk erhielt die Autorin den Jugendbuchpreis der Kanadischen Schriftstellervereinigung. Das vorliegende Buch bekam beim kanadischen Wettbewerb der Jugendbuchschriftsteller den ersten Preis, außerdem den Beaver Jugendbuchpreis. 1985 wurde es mit der Silbernen Feder des Deutschen Ärztinnenbundes ausgezeichnet und stand in der Auswahlliste zum Deutschen Jugendliteraturpreis.

Monica Hughes

Jäger in der Nacht

Aus dem Amerikanischen von Fred Schmitz

Deutscher
Taschenbuch
Verlag

dtv

Titel der amerikanischen Originalausgabe: ›Hunter in the Dark‹, erschienen 1983 bei Clarke Irwin Inc., Toronto

Ungekürzte Ausgabe
Januar 1988
Deutscher Taschenbuch Verlag GmbH & Co. KG, München

ISBN 3-545-33124-5
Umschlaggestaltung: Celestino Piatti
Umschlagbild: Bernhard Förth
Gesetzt aus der Garamond 10/11'
Gesamtherstellung: Ebner Ulm
Printed in Germany · ISBN 3-423-07879-0

Für Russ, den Jäger im Licht,
und im Andenken an Russell Avey,
der das Dunkel nicht fürchtete.

1

Mike Rankin verlangsamte das Tempo auf die vorgeschriebenen fünfzig Stundenkilometer und fuhr gemächlich in Barrhead ein. Das Städtchen war gerade erwacht, aber die Lampen in dem kleinen Café schimmerten schon sehr einladend. Er dachte an heißen Kaffee, er sehnte sich so stark danach, daß er den Geruch frischen Kaffees ganz deutlich in der Nase hatte; er setzte den Fuß auf die Bremse.

Kurz vor dem Anhalten sah er den geparkten Streifenwagen, und sein Fuß bewegte sich automatisch zum Gaspedal zurück. Er beschleunigte langsam und fuhr durch das Städtchen. Er schwitzte an den Händen und wischte sich die Handflächen nacheinander an den Schenkeln ab.

Aber an dem Transporter war nichts Besonderes, sagte er sich mit Nachdruck. Es war einfach ein dunkelbrauner Toyota mit Vierradantrieb, die gibt es in dieser Gegend wie Sand am Meer, da ist nichts Auffälliges dran. Genauso wenig wie an ihm. Er holte tief Luft und pfiff durch die Zähne, um sein flatterndes Herz zur Ruhe zu zwingen. Für einen Augenblick hatte ihn die Angst in die Welt der anderen zurückgestoßen, aber gleich darauf umfing ihn wieder das vertraute Gefühl des Abgesondertseins, das ihn wie eine Tarnkappe unsichtbar zu machen schien. Solange er sich nicht der Welt der anderen zugehörig fühlte, war er es auch nicht.

Im Südosten, hinter seiner linken Schulter, ging die Sonne auf, eine rote Kugel, die plötzlich am Novemberhimmel auftauchte. Der Schatten des kleinen Lieferwagens ruckelte über die Frostaufbrüche der Straße. Dann wurden die Bäume auf beiden Seiten wieder dichter, schneeüberstäubte Kiefern und Fichten, hager aufragende

Pappeln mit einigen wenigen goldbraunen Blättern, die da hingen wie vergessene kleine Wimpel.

Eine halbe Stunde später war die Sonne in aller Pracht da, golden schimmernd und angenehm warm auf dem Nacken. Fort Assiniboine lag rechts. Nicht mehr lange jetzt, nur noch an die acht Kilometer... nach links... und da war sie. Die Landstraße 658. Runter vom Asphalt auf die Schotterpiste. Er schaute aufs Armaturenbrett. Es war 8 Uhr 28, Sonntag morgen. Nach der Party waren seine Eltern sicher noch nicht wach, und wenn sie aufwachten, würden sie ihn bestimmt erstmal schlafen lassen. Es würde mindestens noch vier Stunden dauern, bis sie entdeckten, daß er nicht in seinem Bett lag, und wer weiß, wie lange noch, bis sie den Zettel unter dem Kopfkissen fanden.

Er hatte auf einmal Gewissensbisse und versuchte, sie zu verdrängen. Im Krieg, da war's doch auch so. Da meldeten sich die Jungen zur Truppe, weil sie sich innerlich dazu verpflichtet fühlten, ganz egal, wie sich die klagenden Mütter auch aufführten. Und hier war es das gleiche. Nur daß es sein eigener Privatkrieg war. Er hoffte, sie würden ihn verstehen.

Er lenkte den Wagen an den Straßenrand und holte die Wegeskizze hervor, die Doug ihm gegeben hatte. Drei Kilometer weiter, nach der Brücke über den Freeman, sollte eine Schneise den Wald durchschneiden. Er fuhr langsam weiter, den Kilometerzähler im Auge. Da war sie schon, auf der rechten Seite; schnurgerade zog sich der schneeweiße Streifen mitten durch das Schwarz des Waldes den Berg hinauf. Er sollte die Schneise etwa zehn Kilometer hinauffahren, bis zu einer breiten Bodenrinne, die sie in nordsüdlicher Richtung kreuzte. Hier biegst du nach Norden ab, hatte Doug gesagt, da findest du im Freeman-Tal einen idealen Lagerplatz, wo dich kein Mensch entdeckt.

Da wäre auch gutes Wasser, nicht wie das im Athabasca, das etwas milchig, aber klar aussieht, doch in Wirklichkeit schon verseucht ist von allem möglichen Abfall aus jedem Städtchen zwischen dem Columbia-Gletscherfeld und Fort Assiniboine. Der Freeman aber war ein kleiner Fluß, der mitten in den Swan-Bergen entsprang, in der Wildnis. Das war Bärenland, nicht Menschenland.

Mike bog in die Schneise ein, schaltete herunter und fuhr bergan. Der Schnee war kein Problem, im Gegenteil, er glich die Höcker aus und füllte viele Mulden auf, was das Fahren erleichterte. Der Toyota bewältigte den Hang und das rauhe Gelände ohne Schwierigkeit. Als Mike schon über dem Gipfel war und von unten nicht mehr gesehen werden konnte, hielt er an und stieg aus, um sich die Beine zu vertreten.

Er stand auf dem Kamm eines Hügels, der gegen Nordwesten noch weiter anstieg, sanft gerundet wie der Rücken eines großen schlafenden Tieres, dessen Muskeln unter dem dichten Pelz von Kiefern, Fichten und Pappeln manchmal zuckten. Überall, in alle Richtungen, erstreckten sich die mächtigen und undurchdringlichen Wälder. Er drehte sich um und blickte zurück. Etwas zur Rechten sah er den Dunst über Fort Assiniboine. Es war ganz still hier in der Schneise. Die Luft war kalt und klar, und der Himmel, ein durchdringendes, durchscheinendes Blaugrün, war von gleicher Frische.

Am liebsten hätte er seinen Triumph laut hinausgeschrien. Er hatte es geschafft! Er war ihnen sauber entkommen. Er hatte sie alle überlistet. Es war ein wunderbarer Gedanke... aber Vorsicht! So vieles konnte noch mißlingen. Er mußte einen klaren Kopf behalten, durfte nicht zulassen, daß dieses fast berauschende Gefühl seinen Verstand benebelte. Es galt jetzt, sich alles ins Gedächtnis zu rufen, was er jemals in Sachen Naturschutz und Forstpflege, im Jagdclub und von Doug und Dougs Vater gelernt hatte.

Wie schade, dachte Mike etwas bitter, daß sein eigener Vater für Natur und Wildnis nicht das gleiche empfand, dann hätte man alles miteinander teilen können, bevor es zu spät war. Andererseits, überlegte er sich, hätte sein Vater dann unbedingt mitkommen wollen, und das wäre ja nicht gegangen, denn das hier mußte er ganz allein tun. So wie die Dinge lagen, war es wahrscheinlich so doch am besten.

Er ging ein paar Schritte zum Grat zurück, wo er das Flechtmuster der tiefen Reifenspuren sah, die von der Straße heraufliefen. Er hoffte, daß es bald wieder schneien würde, nur so ein Hauch von Schnee, gerade genug, um die Spuren zuzudecken, so daß kein Zeichen von ihm blieb. So, als ob er gar nicht existierte.

So, als ob ... sofort zwang er seine Gedanken in eine andere Richtung, so wie ein Eisläufer vor dem dunklen Fleck wässrigen Eises abdreht. Er ging zum Wagen, stieg ein, rieb sich die Hände, um sie zu wärmen, legte den Gang ein und fuhr vorsichtig in nordwestlicher Richtung die Schneise entlang auf die Swan-Berge zu.

Er beobachtete dabei den Kilometerzähler. 11,2 km. Da war sie, die Bodenrinne, die eine Ölgesellschaft einmal angelegt hatte. Sie kreuzte die Schneise in Nordsüd-Richtung. Nach Norden verlief sie bergab zum Flußtal. Er konnte den Fluß von hier oben aus noch nicht sehen, wohl aber den Schatten seines Einschnitts in die Landschaft. Die Rinne war alt, Schößlinge und kleine Fichten stießen in der Vertiefung durch die dünne Schneedecke, die sich über die tiefen Trittsiegel großer Wildkatzen breitete.

Bedachtsam fuhr er hinab; die Kabine war allerdings so hoch über dem Boden, daß nur die größten Pappelschößlinge eben die Wanne streiften. Doch fünfzehn Minuten dauerte die schwankende Schlingerfahrt den steilen Hang hinab bis zum Fluß, und er war schon naßgeschwitzt, bevor er unten ankam. Aber es hatte sich gelohnt. Die Strömung war schnell, das kalte, klare Wasser war noch nicht gefroren, außer in seichten Nischen, die von Wildpflanzen umgeben waren.

Mike parkte den Transporter so zwischen den Bäumen, daß er vor zufälligen Blicken geschützt war, und stellte den heißgelaufenen Motor ab. Beim Abkühlen gab die Maschine ein paar kleine Knaller und knisternde Laute von sich. Danach war Stille, so tief, daß er dachte, er sei taub geworden.

Er strengte sich an, etwas zu hören, aber da war nichts außer dem Rauschen seines Blutes in den Ohren und den eigenen Atemgeräuschen. Er entspannte sich, und allmählich hörte er wieder etwas, die Stimme des Flusses wie eine sanfte Hintergrundmusik. Hier unten in Wassernähe war die Luft unbewegt, aber hoch über ihm schüttelte ein plötzlich aufkommender Winterwind die abgestorbenen Pappelblätter gegen die Zweige. Er hörte das langgezogene »diih diih« der Meisen aus der großen Fichte dicht am Fluß. Unvermittelt und so laut wie eine Schnarre schimpfte ein Eichhörnchen auf ihn ein wegen seines unbefugten Eindringens.

Plötzlich überfiel ihn die Müdigkeit, aber er zwang sich, zum Ufer hinab und am Fluß entlang zu gehen, weg von der Bodenrinne, die in einer wüsten Verstümmelung des Uferhangs endete. Er ging langsam und hielt Ausschau nach einem idealen Lagerplatz, immer wieder weiter, es könnte ja noch etwas Besseres kommen – bis er stehenblieb; es war doch sinnlos, alles kilometerweit vom Auto durchs Dickicht herzuschleppen.

Dann stolperte er in eine kleine Lichtung hinein, die nach Südosten hin offen war, wo der Fluß plötzlich einen Bogen nach Norden machte. Ideal.

Er mußte dreimal gehen, um Zelt, Schlafsack und Luftmatratze sowie den Rucksack voller Proviant und Sachen zum Wechseln herbeizuholen. Beim dritten Mal zitterten ihm die Knie, aber er zwang sich, das Zelt aufzuschlagen, die Zeltstöcke richtig aufzustellen, die Pflöcke in den harten Boden zu hämmern und die Spannschnüre anzuziehen. Die Tür ging nach Süden auf, die Rückseite war dem Knie des Flusses zugewandt. Mit allerletztem Atem blies er die Luftmatratze auf, schüttelte den daunengefüllten Schlafsack aus und legte ihn oben drauf.

Am liebsten hätte er sich sofort hingelegt, aber er war nicht nur müde, es war ihm kalt und er hatte auch Hunger. Das Gewehr im Futteral legte er sorgsam innen an die Zeltwand und machte ein Feuer. Draußen in der Lichtung lag ein großer Stein, der sich gut als Wärmeabstrahler eignete. Er räumte dort den Schnee weg, kratzte die Gras- und Pflanzensode fort und machte ein Feuer auf der nackten Erde. Er brauchte nicht nach Holz zu suchen. Das in der Lichtung herumliegende Bruchholz ergab einen annehmbaren Holzstoß.

Er kletterte den Uferhang hinunter und füllte den Kochtopf mit Eiswasser, und als er zurückkam, brannte sein Scheiterhaufen schon lichterloh. Erstmal Kaffee. Er konnte es kaum abwarten, bis das Wasser endlich kochte. Ein randvoller, brühheißer Becher – mit einem ganzen Klumpen Zucker als Energiespender. Seine Hand zitterte so stark, daß er beim ersten Schluck schon Kaffee verschüttete.

Als er den Becher ausgetrunken hatte, besaß er wieder Kraft genug, um die Bratpfanne aus dem Rucksack herauszuwühlen und sie mit Speck zu füllen. Dann schlug er zwei Eier über das brutzelnde Fett und röstete eine Scheibe Brot, um damit zum Schluß das ganze Fett aufzuwischen. Und noch einen Becher Kaffee.

»Jetzt geht's mir besser«, sagte er laut. »Damit kann ich vielleicht leben.« Er grinste über seinen Privatwitz, stand auf und streckte sich. War da irgendein Zauber der Wildnis am Werk, oder waren es seine Kochkünste? Soweit er zurückdenken konnte, hatte ihm noch nie irgend etwas so gut geschmeckt. Der Proviant kam in den Rucksack zurück, den er mit Hilfe eines hochgeschleuderten Seiles über einen Pappelast in die Höhe zog, aus der Reichweite räuberischer Bären.

Erst dann kroch er ins Zelt, zog sich die Stiefel in der Tür aus und legte sich mit einem zufriedenen Seufzer auf den Schlafsack. Die Sonne, tief im südöstlichen Himmel und kaum höher als die Wipfel, blinzelte ins Zelt. Er lag auf dem Rücken, satt und warm, aber seine Hände und Beine zitterten vor Ermattung. Er hörte sein Herz gegen die Rippen schlagen. Ein Triumphgefühl erfüllte ihn – aber auch Angst. Die Sonne hatte jetzt das Zeltinnere zu einer milden Sauna aufgeheizt. Er glitt in den Schlaf.

Krankenhausgeräusche tönten durch seinen Schlaf – das Klappern kleiner, metallener Rollwagen über Fliesen, das unaufhörliche Seufzen der Plastikschwingtüren, das Geplapper der Sprechanlage... Dr. Richards zum OP... Inhalationsapparat auf Zimmer 302... Dr. Blackett bitte zur Station 41... Er zuckte zusammen und lag dann still. Schweiß lief ihm seitwärts über die Stirn in sein blondes Schläfenhaar, das davon etwas dunkler wurde. Jetzt kamen sie mit einer Spritze auf ihn zu, einer widerlichen, riesigen Nadel, sie hielten ihn fest, und er wehrte sich und brüllte und flehte sie an, ihn in Ruhe zu lassen. Heftige Schmerzen durchzogen seinen Körper wie flüssiges Feuer. Er drehte sich auf die Seite und rollte sich ganz fest zusammen. Sein eigenes Ächzen ließ ihn erwachen.

»Lieber Gott!« Er hob eine bleischwere Hand, um sich den Schweiß von der Stirn und vom Nacken zu wischen. Die Lichter waren so hell, er sah sie, blutrot, sogar durch die Lider. Langsam und widerwillig machte er die Augen auf und blickte in ein strahlendes Dreieck aus Licht. Die Sonne schien jetzt voll ins Zelt hinein und verwandelte es in einen Ofen.

Er setzte sich auf, schwindlig und noch schlaftrunken, und schälte sich aus seiner Jacke. Phuu! Das war ja ein Traum gewesen! Aber nur ein Traum. Das war alles vorbei, war Vergangenheit. Jetzt galt es, in der Gegenwart und in der Wirklichkeit zu leben.

Er kroch zur Zelttür und streckte den Kopf hinaus. Die Meisen, immer noch eifrig beschäftigt, zupften an Kiefernsamen und Beeren herum. Das Wasser in der Biegung des Flusses hinter ihm gluckste vergnügt. Alles war harmonisch und ganz unkompliziert, und gerade dadurch wirkte sein Traum noch ungeheuerlicher. Er zog sich die Stiefel an und mußte schon wieder ans Essen denken.

Er sah auf die Uhr. Unglaublich! Er hatte fast vier Stunden lang geschlafen. Er kauerte sich vor die noch glimmenden Aschenreste seines Feuers, legte trockenes Holz nach und blies es wieder ins Leben zurück. Nur etwas Leichtes zum Mittag, beschloß er. Suppe, Brot und Käse und einen Apfel. Erst am Abend würde er aus dem vollen schöpfen.

Doug hatte ihm beim Einkaufen geholfen, tiefgefrorener Camping-Proviant. Aber er hatte auch die Tiefkühltruhe zu Hause geplündert und eine Packung mit drei großen Koteletts herausgeholt. Die würden im Rucksack da oben am Pappelast schön gekühlt bleiben. Hinterher würde er auf alle Fälle Knochen und Reste vergraben, um die Grizzlys in den Swan-Bergen nicht auf dumme Gedanken zu bringen.

Drei Tage also. Und dann? Er konnte doch nicht ewig fortbleiben. Oder? Es war ein verführerischer Gedanke, das mußte noch mal genau durchdacht werden, wenn Zeit dafür übrig ist. Aber jetzt wollte er sich erst einmal etwas zu essen machen und dann das Gelände erkunden, ob das Wild wirklich so war, wie Doug es beschrieben hatte.

Er kochte Wasser und schüttete den Inhalt einer Suppentüte hinein. Bohnen mit Speck stand auf der Packung. Während das Zeug im Topf am Rand des Feuers langsam aufquoll, strich er sich Butter aufs Brot und schnitt dicke Käsescheiben ab. Er zog sich einen trockenen Holzklotz als Sitzplatz heran und schlürfte seine Suppe in der Sonne und aß dazu Käsebrote.

Es war windstill, und die Sonne heizte die kleine Lichtung angenehm auf. Sogar in Hemdsärmeln war es ihm erstaunlich warm. Genau richtig. Auch die Suppe war genau richtig. Wirklich großartig. Er ließ sich Zeit, aß langsam den scharfen Cheddar-Käse und brach dabei Stückchen aus der Rinde für die Meisen. Sie hüpften aufgeregt in den Zweigen über ihm herum und machten sich gegenseitig Mut, bis eine, kühner als die anderen, auf seiner Handfläche landete und sich ein Rindenstückchen schnappte. Er war überrascht, wie wenig sie wog und wie kalt und fest die Füßchen waren. Mit scharfen Augen blickte sie ihn unverwandt an, das schwarze Köpfchen etwas auf die Seite gelegt. Dann flog sie weg, und eine andere kam und darauf wiederum eine andere, bis die Käserinden verschwunden waren. Er aß seine Suppe auf und angelte sich die restlichen Stückchen am Topfboden mit den Fingern heraus. Köstlich.

Er wusch das Geschirr vom Frühstück und Mittagessen zusammen ab. Es war nicht viel Arbeit, er hielt die Sachen einfach in den Fluß. Der Teller war noch etwas fettig, aber das spielte keine Rolle. Vielleicht würde er nach dem Abendessen etwas Wasser aufsetzen und dann richtig spülen. Er holte sich eine in Stanniol gewickelte große Kartoffel aus dem Rucksack, legte sie in die heiße Asche und häufelte mit einem Stock und seinem Messer die glimmenden Reste darüber.

Sorgfältig räumte er auf, brachte den Proviant in luftige Sicherheit und die anderen Sachen wieder ins Zelt, alles an seinen Platz. Dann zog er seine Holzfällerjacke an und darüber die gelbe Signalweste, die Doug ihm samt passender Kappe mitgegeben hatte. Der Kompaß hing ihm an einer Schnur um den Hals und war in einer Brusttasche untergebracht. Ein kleines Überlebens-Set steckte in der großen Seitentasche, wo es nicht störte.

Als er sein Gewehr zur Hand nahm, hatte er auf einmal keine Lust mehr, sein gemütliches Lager zu verlassen. Was war denn in ihn gefahren? Auf diesen Augenblick hatte er ein Jahr lang gewartet. Er würde jetzt doch sowieso nur die Gegend erkunden, nach Hirschfährten Ausschau halten, die Doug ihm beschrieben hatte. Danach würde man Pläne für den morgigen Tag machen. Das war alles. Er legte das Gewehr wieder zurück, hinter der Luftmatratze versteckt für den Fall, daß ein Fremder hier herumschnüffeln sollte. Noch ein letzter Blick. Komisch, ihm war, als ob er sein Zuhause verließ. Dann riß er sich los und kletterte in wechselnden Schrägbahnen den Berg hinauf, weg vom Fluß, fast genau nach Westen. Das Laufen war am Anfang schwierig. Die Bäume standen so dicht beieinander, und die Zwischenräume waren voller Bruchholz und Gestrüpp. Plötzlich stieß er auf einen Wildwechsel, der mehr oder weniger in gleicher Richtung verlief. Das waren doch Hirsche hier, oder?

Unter dem weichen Polster der Kiefern- und Fichtennadeln hatte sich der Schnee kaum halten können. Jetzt war es leichter, über diesen schwach dunkelgrünen Streifen zu spazieren, als sich durch das Dickicht kämpfen zu müssen. Er übte es, die Füße vom Absatz bis zur Zehe richtig abzurollen und erst dann das Gewicht zu verlagern. Alle paar Minuten blieb er stehen und spähte umher. An manchen Bäumen war die Borke in Schulterhöhe abgeschrammt, da wo ein Geweih gerieben und gekratzt hatte, um die lästigen Fetzen von Bast, des Hautüberzugs an den Geweihen, abzustreifen.

Dann sah er die Zehenabdrücke. Weißwedelhirsch oder Schwarzwedelhirsch – er wußte nicht genügend Bescheid, um die Spuren unterscheiden zu können. Aber unbestreitbar eine Hirschspur, sauber in eine frische Schneedecke eingedrückt, genauso wie im Lehrbuch. Sein Herz klopfte laut, als er sich aufrichtete und langsam umherschaute. Es war ganz still, der Wald schien leer. Sogar die Meisen gaben hier keinen Laut von sich.

Er ging weiter, und plötzlich, wie eine Alarmanlage, brach das ratternde Gekeife eines Eichhörnchens über seinem Kopf los. Er fuhr zusammen und blieb stehen, entschlossen, es kraft seines Willens zum Schweigen zu bringen. Dieses Getöse mußte kilometerweit zu hören gewesen sein, dachte er. Er lauschte und hatte die Vorstellung, der Wald lauschte hierher zurück. Das Eichhörnchen beruhigte sich, und in der neuen, spannungsgeladenen Stille ging er noch vorsichtiger weiter.

Es dauerte eine Stunde, während er immer wieder auf seinem Pirschzug innegehalten, umhergespäht und gelauscht hatte, bis mehrere Wildbahnen in einen großen Wechsel bergabwärts zusammenflossen. Neugierig folgte er einer Fährte. Als er einmal stehenblieb, hörte er Wasser rauschen. Noch etwas weiter, und er trat aus den Bäumen heraus und fand sich am Fluß. Hinter dem anderen Ufer erhob sich der Berg steil und dunkel, aber auf dieser Seite hier bildete das gefrorene Marschgelände eine feste Plattform für die Hirsche, die hierher zur Tränke kamen.

Nicht nur Hirsche. Die dünne Schneedecke der vorigen Nacht hatte den Uferhang weiß überkrustet, die Spuren waren deutlich zu erkennen – Abdrücke eines Wolfs oder Koyoten, die denen des Hundes ähnlich sehen, Pfoten kleiner Pelztiere, vielleicht Nerze oder Hermeline, und die Hüpfspuren eines Schneeschuhhasen, die riesigen Hinterbeine etwas schräg abgespreizt weit vor den kleinen Vorderpfoten. An einer Stelle waren die unverwechselbaren dicken Fußabdrücke eines Bären. Schwarzbär oder Grizzly? Die vom Grizzly müßten viel größer sein als die vom Schwarzbären – aber was hieß schon »größer«? Die hier sahen ziemlich groß aus; Sätze aus dem ›Handbuch des Jägers‹ kamen ihm in den Sinn.

»Er ergreift fast immer die Flucht, wenn er Menschen sieht oder hört, aber es sind auch Fälle bekannt, in denen er Menschen angefallen und sogar getötet hat, im allgemeinen aber nur, wenn er gereizt worden ist. Grizzlys sind unberechenbar, und man sollte immer Vorsicht walten lassen.«

»Fast immer«, »im allgemeinen«. Das sind ja sehr beruhigende Verallgemeinerungen, dachte Mike. Er starrte auf die riesigen Abdrücke mit den klar erkennbaren Klauen.

Er nahm sich zusammen. Die Fußabdrücke würden ihm jedenfalls nichts tun, soviel war sicher. Der Bär war zum

Fluß gekommen, hatte sich satt getrunken und war wieder abgezogen. Also wozu stand er hier herum und spielte verrückt? Die Gefahr, von einem Bären getötet zu werden, ja überhaupt einem zu begegnen, war viel weniger zu fürchten als ganz andere Dinge, die ihn bedrohten. Also was soll's?

Es wurde ihm auf einmal bewußt, daß die Sonne mit winterlicher Plötzlichkeit hinter den Bergen im Südwesten versank und daß ein eisiger Wind das tote Laub und die gefrorenen Binsen im Marschland tanzen ließ. Kalte Nachtluft strömte in das Tal ein. Er fröstelte und ging rasch am Ufer entlang zum Lager zurück. Jedenfalls war nun ein Anfang gemacht. Beim nächsten Mal würde er aber das Gewehr mitnehmen. Gefahr hin, Bedrohung her – ohne ein Gewehr in der Hand fühlt man sich im Grizzlyland ziemlich ungemütlich.

Im Lager schälte er sich aus der Holzfällerjacke und zog sich die Daunenjacke an. Er nahm die Axt aus der Lederscheide und schlug das Bruchholz, das er schon gesammelt hatte, in lauter ellenlange Stücke. Dabei wurde ihm schön warm. Als das Feuer wieder richtig brannte, stellte er die Pfanne auf die Glut, um sie anzuwärmen. Aus dem Rucksack holte er ein Kotelett, eine Zwiebel und ein Päckchen mit Pilzen. Es war schon fast dunkel, er mußte die Taschenlampe benutzen, um zu sehen, was er machte, damit er sich nicht in die Finger schnitt, statt in die Zwiebel.

Als das Kotelett genügend aufgetaut war, um in die Pfanne eingelegt zu werden, war die Zwiebel schon etwas angebraten, aber es machte eigentlich nichts aus, die angebrannten Stücke schmeckten wie Karamel, eher süß als zwiebelig. Er angelte sich die Kartoffel aus der Glut und öffnete die Stanniolfolie mit der Messerspitze. Er verbrannte sich die Finger, als er die Kartoffel auseinanderdrückte; er ließ ein großes Stück Butter in das dampfende, weiße Innere gleiten. Langsam aß er das Kotelett und genoß jeden einzelnen saftigen Bissen und den scharfen Geschmack verbrannten Fettes an den Rändern. Er fuhr mit der Zunge über den Knochen und biß mit den Vorderzähnen sorgsam die letzten Fleischreste ab. Dann die heiße Kartoffel, die Pilze und die Zwiebel, alles miteinander vermengt. Ein himmlischer Genuß.

Zum Nachtisch gab es Birnen aus der Dose; er fischte sich die Stücke mit den Fingern einzeln heraus, und zum Schluß schlürfte er den Saft, um das Mahl zu krönen. Mensch, war das gut!

Alle Reste warf er ins Feuer, um den Speisegeruch zu vertreiben, verpackte außer dem Kaffee und dem Zucker wieder alles im Rucksack, den er dann in bärensichere Höhen hievte. Er streckte sich, überschaute seinen Lagerplatz und entließ einen ungeheuer zufriedenen Rülpser in die Nacht. Es war jetzt ganz dunkel mit Ausnahme des goldenen Lichtkreises um das Feuer herum. Zwischen den höher und tiefer flackernden Flammen sickerte die Finsternis zwischen den Bäumen hervor wie eine träge Masse, als wollte sie sich über ihn ergießen, bis hoch auflodernde Flammen sie wieder vertrieben.

Auch der Himmel war schwarz, aber von einem anderen Schwarz, es war eher ein offenes Dunkel als diese kompakte Finsternis des Waldes. In dem Dunkel schimmerten die Sterne kalt wie polierter Stahl. Er sah die drei Gürtelsterne im Sternbild Orion im Südosten, genau über der Lichtung. Niemals hatte er sie so hell gesehen.

Widerwillig trat Mike aus dem Umkreis des Feuers, wo er sich sicher fühlte. Außerhalb lauerte die Finsternis nur darauf, ihn einzukreisen, außerhalb schrumpfte das Feuer zu einem goldenen Funken zusammen, zu einem rührenden kleinen Lichtschein in der dunklen Grenzenlosigkeit des Waldes und des Himmels.

Er schlug an einem Baum sein Wasser ab und eilte fröstelnd zurück. Das frisch geschlagene Feuerholz stapelte er dicht am Zelt auf und schürte das Feuer noch einmal nach, so daß die Flammen hoch aufloderten. Er zog sich die Stiefel aus und stellte sie innen an die Zeltwand neben die Tür. Dann schälte er sich aus den dicken Sachen und tauchte, nur mit dem Thermo-T-Shirt und langen Unterhosen bekleidet, in seinen Schlafsack. Herrgott, war das eisig da unten drin.

Er rollte sich auf die linke Seite, damit er durch das Dreieck der Tür den tröstlichen Feuerschein noch sehen konnte. Wo war die Taschenlampe? Hier. Griffbereit. Das Gewehr hinter ihm an der rückwärtigen Zeltwand. Keine Angst! Er machte die Augen zu und befahl sich einzuschlafen.

Durch die geschlossenen Lider sah er das Dunkel, das hereindrängte... die Nächte waren immer besonders schlimm gewesen. Die Gedanken, die er tagsüber meist in Zaum halten konnte, schlichen nachts an der geschwächten Abwehr vorbei wie hungrige Wölfe um ein niederbrennendes Feuer.

In all den Monaten, in denen er dieses letzte Abenteuer geplant und vorbereitet hatte, war ihm nie aufgegangen, wie lange die Winternächte sind... Nächte, in denen er ganz allein sein würde. Die Sonne war jetzt Anfang November um 5 Uhr untergegangen und würde erst um halb acht wieder aufgehen. Insgesamt also mehr als vierzehn Stunden, die man nicht verdrängen konnte so wie oft zu Hause, als er die Bettlampe angemacht und einen Krimi gelesen hatte oder mit Kopfhörern Radio hörte oder sich im Fernsehen den allerletzten Film ansah. Immer war da etwas gewesen, was ihn vor dem Dunkel geschützt hatte... und vor seinen eigenen Gedanken über das Dunkel.

Aber nicht hier. Nicht im Busch. Da war zwar ein Feuer, aber das war nicht genug. Im Gegenteil, das sichtbare Niederbrennen brachte das Dunkel noch näher heran, ließ es noch bedrohlicher erscheinen.

Aber hier lag er jetzt, und es gab gar nichts, was sich dagegen tun ließ. Zusammengerollt ruhte er im Schlafsack, die Knie hochgezogen, die Arme um die Brust geschlungen, und ließ das Dunkel herankommen... und die Wut in sich aufsteigen, die hilflose Erbitterung und die kalte Angst, die schon allein wie eine Krankheit war. Es war immer das gleiche; zum Schluß ging es wieder weg, und er blieb schwach und zitternd zurück. Aber schließlich ging es tatsächlich weg. Man mußte immer daran denken, daß es ja niemals dableiben würde.

Vorsichtig entspannte er seine Muskeln. Die Reste des Feuers glühten noch, und der große Stein spiegelte den rotgoldenen Schimmer wider, genau ins Zelt hinein. Er fühlte die Wärme wie tröstende Hände auf seinem Gesicht. Langsam floß die Wärme in seinen Körper, in Arme, Schultern, Beine, bis hinab in die Zehen.

Er seufzte. Lässig hob er den Arm in die Höhe, um nach der Zeit zu sehen. 22 Uhr 37. Jetzt würden die Eltern zweifellos Bescheid wissen. Die Frage war: würden sie ihn in Ruhe lassen oder das Land nach ihm absuchen lassen?

Und was war mit Doug? Er war der einzige, der genau wußte, wo er war und warum. Würde er dem Ansturm von Fragen, vielleicht sogar Drohungen, standhalten können? Guter, alter Doug, dachte Mike. Halt bloß aus, Kumpel. Eigentlich ein Mordsglück, daß ich so einen Freund habe... ein Mords... und mitten in diesem Gedanken schlief er ein.

2

»Mann, hast du ein Mordsglück«, sagte Doug an Mikes fünfzehntem Geburtstag, als er das neue HiFi-Cassettendeck sah, das Mikes Eltern ihm geschenkt hatten. »Das muß ein Vermögen gekostet haben.«

»Glaub' schon.« Um Geld kümmerte Mike sich nicht. Es war offenbar genug davon da. Allerdings nahm auch er an, daß es ein sehr wertvolles Geschenk sein mußte. Vielleicht weil er das einzige Kind war. »Jetzt überspiel' ich alle meine Lieblingsplatten auf Band. Für Partys doch wunderbar. Und wenn ich schon dabei bin, mach' ich gleich ein paar für dich mit.«

»Das wär' prima. Dank dir.« Doug grinste über das ganze sommersprossige Gesicht. Mike wußte, daß er sich gerade einen kleinen Cassettenspieler gekauft hatte, und zwar mit einem Teil des ersparten Geldes, das er sich als Geschirrspüler bei Dinty's verdient hatte; den anderen Teil hatte er seiner Mutter als Beitrag zum Haushalt gegeben.

Doug war das älteste von sieben Kindern, die alle zwei Jahre auseinander waren. Wenn die Familie nebeneinander über die Straße ging, sah sie aus wie eine Treppe im Profil, nur daß Doug jetzt genauso groß war wie sein Vater, während seine Mutter irgendwo zwischen Jonathan und Judy hineinpaßte und dabei, wie sie behauptete, täglich weiter schrumpfte.

»Geschieht dir doch recht, wenn du uns mit Aufbaunahrung mästest«, sagte Doug eines Abends, als Mike zum Essen dablieb. »Chili con carne und Apfelkuchen – was erwartest du? Zwerge?«

»Vielleicht sollte ich euch mal auf Wasser und Brot setzen, um euch etwas zu bremsen«, drohte sie und füllte dabei mit dem Schöpflöffel Eintopf in Suppenschalen so groß wie Baby-Wannen. Mike hatte die ganze Sippe der O'Reillys ins Herz geschlossen. Sie hatten alle ein breites Grinsen, gekräuseltes Haar und Sommersprossen, von Doug angefangen bis hinunter zu Sue-Ann. Sogar der Hund namens Mutt trug das gleiche Grinsen zur Schau, aber da er eine stark behaarte Kreatur war, konnte man die Sommersprossen nicht sehen. Auch er war ein echter O'Reilly, und nichts brachte ihn aus der Ruhe, nicht einmal, wenn man über ihn stolperte, was bei seiner Tolpatschigkeit in dem überfüllten Häuschen öfters passierte, und auch nicht, wenn Sue-Ann, die gerade Zähnchen bekam, auf seinem Schwanzende das Beißen üben wollte.

Mike sprach dem Eintopf kräftig zu und schaute dabei

umher. Sie saßen wie üblich in der Küche, weil der Eßzimmertisch unter allem möglichen Zeug begraben war – Dougs Gerätschaft zur Anfertigung künstlicher Angelköder, Teile vom Metallbaukasten, mit denen Geoffrey gespielt hatte, Hefte mit Hausaufgaben, die wegen des Puzzles am anderen Tischende unvollendet bleiben mußten, und ein Erdnußbutterbrot, das der frühere Besitzer verleugnete und das am Ende Mutt zum Opfer fallen würde – er war nach Erdnußbutter süchtig.

So groß der Eßzimmertisch auch war, die Sachen drohten immer in den Bereich des Wohnzimmers überzuschwappen. Es war empfehlenswert, sich über den Sitzplatz zu vergewissern, bevor man sich setzte. Hinter dem Kissen konnte alles mögliche stecken – etwa Mrs. O'Reillys Strickzeug oder einer von Mutts Knochen.

Das Besondere an dem Haus der O'Reillys, dachte Mike, als er gerade nach den Brotscheiben langte, war, daß man auf nichts aufpassen mußte. Zu Hause war das anders. Zu Hause senkte man die Stimme und zog sich die Schuhe sogar dann aus, wenn es gar nicht geregnet hatte. Im Wohnzimmer zu Hause lag ein hellgrauer Teppich; Stühle und die kleinen Sofas waren mit Samt von einem etwas dunkleren Grau bezogen, und die Vorhänge waren aus Leinenstoff, ein gebrochenes Weiß, von einem grauen und schwarzen Faden durchzogen, »geschenkt«, wie Mrs. Rankin erklärte, »für nur fünfzig Dollar den Meter«.

Das ganze Haus war makellos (mit Ausnahme von Mikes Zimmer, in dem die Putzfrau nichts anrühren durfte). Immer stand eine Schale mit Blumen auf dem niedrigen Rundtisch mitten im Wohnzimmer. Mikes Mutter meinte, dadurch wirke das Haus »bewohnt«, und sie bestand auf ständig frischen Blumen, sogar im tiefsten Winter, wenn sie für teures Geld aus Mittelamerika eingeflogen werden mußten.

Mike schaute über den vollbesetzten Tisch zu Mrs. O'Reilly, die gerade Nachschläge austeilte. Ihre Arme waren dick gepolstert, und ihr Kleid platzte fast aus den

Nähten, aber sie hatte diese Art Busen, an den kleine Kinder gern ihr Köpfchen legen, wenn sie sich die Knie aufgeschrammt haben oder beim Dreibein-Rennen als letzte angekommen sind. Niemand im ganzen Viertel konnte einen so lieb und trostvoll umarmen wie sie.

Mike fühlte, daß er ungerecht war. »Auf deine Mutter kannst du wirklich stolz sein«, sagten die Leute, wenn ihr Bild wieder in der Zeitung gewesen war. Und er war es auch. Sie sah jünger aus als die meisten Mütter, die er kannte. Sie brachte ihn nie mit Küssen vor seinen Freunden in Verlegenheit, und sie trug nicht so scheußliches Zeug wie manche anderen, entweder auf jung getrimmt, als gingen sie selbst noch zur Schule, oder alte Sackkleider wie von der Heilsarmee ausgegeben. Mikes Mutter war ohne Tadel, für jede Gelegenheit passend gekleidet, frisch und gepflegt, nach ihrem besonderen Parfum duftend. Mike wußte noch, wie gern er als kleiner Junge sich an ihr hochgereckt hatte, um zu schnüffeln, bis sie lachend sagte, er sei ja ein kleiner Hund. Der Duft hing in ihrem Zimmer, auch wenn sie gar nicht da war, sondern vielleicht auf einer Sitzung des Kunstvereins oder im »Freundeskreis der Oper« oder bei Sammlungen für ein Herzzentrum oder für die Krebsforschung mithalf.

Mrs. O'Reilly hatte für dergleichen keine Zeit. Es war eben der Unterschied zwischen sieben Kindern plus Hund plus Mann, der in der Ölraffinerie mitarbeitete, und andererseits einem Kind plus Mann, der für den Bau von Eigentumswohnungen, Einkaufsmärkten und ähnlichen Projekten die Parzellen zusammenbrachte.

Mike genoß die Vorteile zweier Welten. Bei den O'Reillys fand er die Ungebundenheit, das Tun-und-Lassen-Können, das unkomplizierte Leben ohne Gebote. Zusätzlich hatte er die Geborgenheit, die von einem eleganten Heim und von einem Elternpaar ausgeht, auf das er stolz war. Er war ein Glückskind, sagte er sich. Zur Zeit der elften Klasse hatte er es geschafft, seine

Noten gehalten, war in der ersten Basketball-Mannschaft und ging sogar mit Gloria Hlady aus.

»Wie hast du das fertiggebracht, du alter Gauner?« Doug boxte ihn in die Rippen. Sie standen in der Menge vor dem Popcorn-Automaten beim »Tanz in Socken« im September, dem ersten gesellschaftlichen Ereignis des Jahres. Mike war direkt auf Gloria zugegangen, während er seinen Händen untersagte zu schwitzen, und hatte sie um den ersten Tanz gebeten. Sie hatte gelächelt und genickt und dann mit ihm bis zur Pause durchgetanzt.

»Weißt du, das ist halt meine dynamische Persönlichkeit«, juxte er und drängte sich durch die Menge bis zu Glorias Stuhl. Er reichte ihr eine Dose Seven-Up.

Während er ihr beim Trinken zusah, konnte er es noch nicht glauben, daß sie offenbar etwas für ihn übrig hatte. Sie war neu auf der Schule, erst im Herbst nach Edmonton gezogen. Sie war ein wunderbares Mädchen, klein und gepflegt, mit langen dunkelbraunen Haaren, die über den Rücken glatt herunterhingen und so schwer und seidig schienen, daß man Lust hatte, sie anzufassen und hochzuheben... Seine Hände schwitzten, als er daran dachte, und er nahm einen Schluck aus seiner Cola-Dose.

Später, am Abend, begleitete er sie nach Hause. Es zeigte sich, daß sie nur sechs Straßenzüge weiter wohnte. Unvermittelt fragte er sie: »Warum gerade ich?«

Unter einer Laterne blieb sie stehen und sah ihn ganz ernst an – sie hatte nicht viel Humor, soviel wußte er schon, aber was soll's, wenn er lachen will, geht er mit Doug und seiner Bande aus. Sie sagte: »Du bist so ordentlich beisammen, und du hast Format... und die anderen kommen mir alle vor wie Hampelmänner.«

Auf der Vorderveranda gab er ihr einen Gute-Nacht-Kuß. Die Lampe war an, und das Licht im Wohnzimmer brannte auch, aber es war ihm egal. Dann ging er die sechs Straßenzüge nach Hause und fühlte sich riesig. Gloria Hlady mochte ihn! Sie ließ sich von ihm küssen. Sie meinte, er sei ordentlich beisammen und habe Format...

Nach diesem Abend machte es sich Mike zur Regel, sich jeden Morgen die Haare zu waschen und frische Socken anzuziehen. Ausgenommen natürlich, wenn er mit Doug und dessen Vater an Thanksgiving, dem Erntedankfest, zum Camping fuhr. Dann spannten sie alle aus. Sie schliefen in ihrer Unterwäsche und wuschen sich nur soviel wie unbedingt nötig, und Dougs Vater rasierte sich auch nicht. Endlich konnte man mal Schule und die ganze Zivilisation vergessen und auch den Zwang, immer zu Hause auf Ordnung achten und sich bei Gloria verhalten zu müssen, wie sie es erwartete.

Mr. O'Reilly hatte den Jungen alles beigebracht, was er vom Jagen wußte, und das war eine Menge, schließlich war seine Tiefkühltruhe das ganze Jahr über reich gefüllt. Ihr großer Ehrgeiz, ihr Ziel, über das sie den ganzen Sommer und Herbst sprachen, war, daß sie selbst einmal auf die Jagd gehen würden, wenn sie erst einmal sechzehn geworden wären. Dougs Geburtstag fiel auf den 14. Oktober und Mike hatte am 29. Oktober Geburtstag. Mit sechzehn konnte man ein eigenes Gewehr erwerben und besitzen. Und mit sechzehn konnte man sich eine Großwild-Jagdlizenz kaufen.

Über dem Lagerfeuer besprachen sie zum hundertsten Mal, was sie alles machen würden. Doug breitete die Großwildkarte von Alberta aus, sie fiel fast auseinander, so oft war sie bereits entfaltet und zusammengelegt worden.

»Die Swan-Berge.« Doug deutete mit einem schmutzigen Finger darauf. »Dad sagt, da ist es prima. Stimmt's, Dad?« Mr. O'Reilly grunzte. Er lag auf dem Rücken, den Mützenschirm auf den Augen.

»Wie lange ist die Jagdzeit da oben?« Mike rollte herum, bis er über Dougs Schulter sehen konnte. »Hui, Mann, du stinkst ja.«

»Meinst du, du duftest nach Rosen? Riechst eher wie ein Bär.«

Als sie aufhörten zu balgen, hatte die Karte einen neuen Riß bekommen. Doug strich die Karte glatt und sah auf der Tabelle unten nach. »F 350. Das ist Großwildbezirk 5. Weißwedel-, Schwarzwedelhirsch ... Rück rüber, du Ochs, ich kann ja nicht gucken. Weißwedel ... 1. bis 30. November. Schwarzwedel ... dasselbe.«

»Nicht viel Zeit.«

»Was glaubst du denn, wie lang wir brauchen, du Blödmann, wenn wir an die richtige Stelle kommen? Für jeden einen Hirsch und Schluß. Wenn wir Ende November gehen, haben wir wegen der Lehrertagung schon zwei Tage vor dem Wochenende frei. Dad nimmt sich dann Urlaub, was, Dad?«

Mr. O'Reilly schnarchte sanft.

»Vier ganze Tage, nur wir drei.«

»Vier Tage.« Mike rollte sich auf den Rücken und starrte in die Bäume empor und sog den scharfen Geruch der Kiefernnadeln und des Holzfeuers ein. »Und wenn wir daneben treffen ... Meinst du nicht, da ist ein Unterschied – zwischen dem Ziel auf dem Schießstand und einem richtigen Hirschen?«

»Na, ein Hirsch, der bewegt sich wahrscheinlich, du Knallkopf. Na und? Du denkst zuviel nach, Mike. Guck dir doch mal deine phantastische Trefferliste an!«

»Ach, das war nur Glück.« Mike versuchte, sich einen Hirschkopf anstelle der Zielscheibe vorzustellen. Würde es ihm gelingen? »Nur Glück.«

Und das Glück war schon dabei, ihn zu verlassen. Gleich nach Thanksgiving fühlte er sich ganz zerschlagen. Eine Erkältung, Grippe oder so was. Hoffentlich kein Drüsenfieber. Was sollte er Gloria sagen? Aber er sprach nicht darüber und hoffte, es wäre bis zu seinem Geburtstag vorüber.

Am 29. lag auf dem Frühstückstisch ein Berg von Geschenken. Das von Dad war eine Weatherby Mark V, Luxusmodell, ein Repetierer Kaliber 6,5 mm mit einem Lauf von 24 Zoll und einem Bushnell Vierfach-Zielfernrohr.

»Dad, danke! Mensch, das ist ja toll. Das hättest du doch nicht, ich meine… das ist das Allerfeinste.«

»Für meinen Sohn ist das Allerfeinste gerade richtig.« Sein Vater lächelte breit über Mikes Freude. »Ich weiß, du hast es gewollt, und der Mann versicherte mir, das sei genau das richtige. Ich hoffe…«

»Es ist das beste.« Mike strich über die Schäftung, die fein poliert und glänzend war, so seidig wie Glorias Haar. Er zielte über den Lauf.

»Mike, bitte, doch nicht im Zimmer.«

»Es ist nicht geladen, Mam, sieh her.«

»Das will ich auch hoffen. Aber schon die Vorstellung. Die armen Tiere.«

»Anita!«

»Aber Mam!«

»Ihr Männer«, stichelte sie, und ihre blauen Augen zwinkerten. »Im innersten Herzen seid ihr Wilde. Jeder von euch. Das Fleisch brauchen wir nicht, nicht wie die O'Reillys.«

Mike versuchte, die Erregung, die Spannung der Jagd zu erklären, die ja mit Blutdurst nichts zu tun hatte… aber er fand nicht die richtigen Worte.

Seine Mutter lachte über sein verzweifeltes Gesicht. »Ich werde dich nicht mehr necken. Ich kann dich verstehen. Nur versprich mir, vorsichtig zu sein.«

»Mam, ich bin doch kein Kind mehr. Ich mach' das schon richtig.«

Sie sah ihn nachdenklich an. »Ich weiß, Mike. Es ist kaum zu glauben, wie du im letzten Jahr gewachsen bist. Aber du bist so mager, du hast zuviel abgenommen…«

»Ich bin schon in Ordnung. Keine Sorge. Ich schlucke wie verrückt Vitamin-C-Tabletten. Morgen muß ich groß in Form sein. Da ist das Spiel gegen die Ashley-Schule, und immer haben sie bis jetzt gewonnen.«

»Aber diesmal nicht mehr, da ist mein Junge in der Mannschaft.« Sein Vater klopfte ihm auf die Schulter und stand brummend auf. »Ich muß weg, Anita. Weiß nicht, wann ich wiederkomme, tut mir leid. Hab' einen großen Tag vor mir. Winkt ein dicker Abschluß.«

Mike hatte keinen Appetit. Wahrscheinlich der Geburtstag und die Aufregung über dieses großartige Geschenk seines Vaters. Und Gloria hatte ihm eine goldene Kette geschenkt. Das war mehr, als er erwartet hatte. Vielleicht wurde es ernst... hoffte er. Dann dachte er an ihren Geburtstag, der bedrückte ihn etwas; sie war sehr anspruchsvoll, und er durfte da auf keinen Fall versagen.

Am nächsten Tag war er wirklich völlig kaputt. Wenn nicht das Basketball-Spiel gewesen wäre, hätte er sich sofort wieder im Bett zusammengerollt. Aber es war ein entscheidendes Spiel, und die Mannschaft hatte seit Wochen über die normale Zeit hinaus trainiert. Und Gloria würde auch da sein, um ihn gewinnen zu sehen... Er trank ein Glas Orangensaft, aß ein halbes Kleie-Brötchen und ging zur Schule.

Ganz allmählich fühlte er sich besser, und als das Spiel anfing, schien wieder alles in Ordnung. Mr. McAlister, der Trainer, war nicht dieser Meinung. Nach der ersten Halbzeit packte »Alice« ihn bei der Schulter und zog ihn auf die Seite. »Was ist mit dir los, Mike? Wohl zu oft durchgefeiert nachts? Du läßt nach, Mann. Wenn du nicht spurst, stell' ich dich raus.«

Mike biß sich auf die Lippen. Über die Schulter des Trainers sah er Gloria winken. Er mußte unbedingt gut sein, allererste Klasse, oder er konnte ihr nie mehr in die Augen sehen. »Ach, mir geht's gut«, log er. »Bin vielleicht ein bißchen nervös, das ist alles.«

»Nimm dich jetzt zusammen, sonst bist du bei mir unten durch.« Alice gab ihm einen freundschaftlichen Schubs, daß er vorwärts stolperte und beinahe hingefallen wäre. Die Pfeife ertönte, und er rannte an seinen Platz, entschlossen, sein Letztes zu geben oder zu sterben. Machte ja nichts aus, irgendein Spiel irgendwo zu versauen – aber nicht in der eigenen Halle, mit Gloria dabei und allen anderen, die zuschauten. Ausgeschlossen!

Er erhaschte noch einmal Glorias besorgten Blick beim Anpfiff, aber dann war keine Zeit mehr, an sie zu denken. Er war vollauf damit beschäftigt, seinen Körper zu Leistungen zu zwingen, die vor wenigen Wochen ganz selbstverständlich waren. Die Turnschuhe waren wie mit Blei ausgelegt, und seine Knie waren wie matschige Spaghetti. Bei einem leichten Ball griff er daneben, und der Ashley-Stürmer bekam ihn wieder zurück; der warf Gott sei Dank daneben, und der Gegenstürmer schnappte sich den Ball. Das Spiel bewegte sich auf den Ashley-Korb zu. Es stand jetzt 49:46 für die Gäste.

Er hörte noch jemanden brüllen: »Beweg deinen Hintern, Mike!« Dann wurde es ihm schwarz vor den Augen, und er spürte die plötzliche Kälte in Gesicht und Nacken, als strömte alles Blut in die Turnschuhe.

Das nächste, was er sah, war die Deckenbeleuchtung in der Halle. Er starrte auf das Schutzgitter vor der Lampe genau über seinem Kopf. Was zum Kuckuck machte er hier, wieso lag er auf dem Rücken? Hatte ihm jemand ein Bein gestellt? Komisch, er konnte sich nicht erinnern. Er stützte sich auf einen Ellenbogen auf, und die ganze Halle drehte sich um ihn, ihm wurde ganz schlecht dabei.

»Nur ruhig.« Alice half ihm auf die Beine. »Schaffst du's allein? Na schön, geh in die Garderobe und leg dich da hin.«

Er winkte ein paar Jungen von den nächsten Sitzen, und Mike kam sich wie ein Idiot vor, als er sich von ihnen stützen ließ. Hinter ihm Pfiffe, Füße trampelten, die Zuschauer tobten.

In der Garderobe legte er sich auf eine Bank, und nach einer Weile fühlte er sich besser. Er ging unter die Dusche, zog sich um und setzte sich hin. Was war nur mit ihm los?

»He Mike, was ist denn passiert?« Die Mannschaft stürmte durch die Schwingtür herein und drängte sich um ihn.

»Keine Ahnung. Vielleicht Grippe.«

»Hast Pech gehabt«, sagte der Kapitän Ted Watson teilnahmsvoll.

»Haben wir gewonnen?« Er hatte Angst zu fragen. Es wäre ihm etwas wohler, wenn er wüßte...«

»Nix. Ashley hat uns in die Pfanne gehauen.«

»Scheiß, Mensch, tut mir leid. Hab' gedacht, ich könnte es schaffen.«

»Kannst ja nichts dafür, Mann.«

»Kann er auch nicht.« Alice zwängte sich durch die schweißnassen Körper und stellte sich vor ihn, Hände in die Hüften. »Eine Mannschaft steht oder fällt nicht mit einem einzigen Spieler – sonst wär's eine miese Mannschaft. Es war ein gutes Spiel, und ihr wart... na ja, nicht allzu schlecht. Ashley hat die bessere Mannschaft, und vor dem nächsten Treffen müssen wir die Verteidigung auf Zack bringen. Das ist alles. Bist schon umgezogen, Mike. Gut. Zieh deine Jacke an, ich fahr dich zum Krankenhaus. Ihr anderen duscht euch und dann nach Hause!«

»Krankenhaus? Aber mir fehlt doch nichts mehr. Ehrlich.«

»Vielleicht. Ist aber Vorschrift von der Schulaufsicht. Wer bei einem Spiel in der Schule ohnmächtig wird, muß untersucht werden.«

»Aber...«

»Die Schulaufsicht möchte nicht gern von deinen Eltern wegen Nachlässigkeit verklagt werden, klar? Laß jetzt die Widerreden und nimm deine Jacke.«

Mike kam sich wie ein Idiot vor, als er in einem Untersuchungszimmer der Notaufnahme von einem eifrigen jungen Arzt untersucht wurde, während Alice zu Tode gelangweilt an der Wand lehnte.

»Mir fehlt nichts«, sagte Mike zum hundertsten Mal. »Das ist so ein Anflug von Grippe.«

»Tun die Knochen weh? Fieber?«

Mike nickte. »Ein bißchen vielleicht. Ich bin's noch nicht ganz los, das ist alles.«

»Na schön. Leg dich hin.« Der Arzt stach jetzt mit den Fingern auf Mikes Magen herum.

»Ich hab' keine Bauchschmerzen. Nein, das tut nicht weh. Wirklich, mir fehlt ...«

»Ich hab's gehört. Vielleicht rheumatisches Fieber. Wir machen mal einen Halsabstrich, um sicher zu sein. Und ein paar Blutproben.« Er machte die Tür auf und brüllte: »Schwester!« Dann: »Bist etwas blutarm, was? Treibst du Sport?«

»Klar.«

»Wirst du hart rangenommen?«

»Eigentlich nicht.«

»Boxen? Raufen?« Der Arzt legte anklagend einen Finger auf Mikes Brust.

»Nein.« Mike spürte, wie er rot wurde, als ob er sich tatsächlich irgendwie schuldig fühlte. Alice war jetzt nicht mehr gelangweilt, sondern starrte gebannt auf die blauen Stellen auf Mikes Brust. »So was kommt doch vor. Hab' mich wahrscheinlich angestoßen. Passiert doch dauernd. Weiß man gar nicht, und auf einmal ist da ein blauer Fleck. Macht doch nichts.«

Der Arzt nickte abwesend und befühlte Mikes Hals. Eine Schwester erschien mit einem Tablett voller Flaschen in der Tür. Bevor Mike lange protestieren konnte, hatte sie ihm schon den Arm mit einer Gummimanschette abgebunden und nahm ihm Blut aus der Vene im Ellbogengelenk ab, ein Reagenzglas nach dem anderen.

»He, das ist doch genug. Hab' doch gesagt, ich bin in Ordnung.«

»Schon fertig.« Sie grinste ihn an, legte etwas Gaze in die Armbeuge und hob den Unterarm an. »Festhalten bitte.« Sie setzte die Reagenzgläser auf dem Tablett ab und kam mit einem Heftpflaster zurück. »Es sickert noch etwas durch, Herr Doktor«, bemerkte sie über die Schulter, als sie das Pflaster anbrachte.

»Ich seh's. Die Proben bitte so schnell wie möglich untersuchen.«

»Das Labor ist schon sehr im Rückstand.«

»Trotzdem!«

Sie nickte und streifte beim Hinausgehen Mike mit einem seltsamen Blick.

»Kann ich jetzt heimgehen?« fragte Mike.

»Sicher.« Der Arzt schien plötzlich alles Interesse an ihm verloren zu haben. »Laß mir nur Namen und Telefonnummer von deinem Hausarzt da. Und damit hat sich's.«

»Also keine Anklage gegen die Schulaufsicht?« scherzte Alice.

Eine Pause. Dann: »Nein, nein. Die Bewußtlosigkeit hatte nichts mit dem Spiel oder dem Schlag eines anderen Spielers zu tun. Nichts dergleichen. Moral: Mit Grippe spielt man nicht Basketball.« Der Arzt hastete hinaus. Mike zog sich wieder an.

»Ich fahr' dich heim. Irgend jemand zu Hause?«

Mike schaute auf die Uhr an der Wand. »Glaub' ich kaum. Aber ich fühl' mich prima.«

»Also gut, wir gehen. Vielleicht kommen wir um die Staus der Hauptverkehrszeit herum.« Der Trainer sah auch auf die Uhr. Mike fühlte sich abermals schuldig.

Natürlich hingen sie im Stau fest, und es war schon nach fünf Uhr, als ihn Alice unten an der Einfahrt aussteigen ließ. Das Haus war leer, auf dem Kühlschrank lag eine Notiz seiner Mutter.

»Mike, ich muß gleich nach meinem Nachmittag im Krankenhaus-Hilfskomitee zum Abendessen ins Plaza. Bin spät zurück. Steaks sind im Fleischfach. Mrs. Holden hat dir Salat und Nachtisch gemacht. Steht alles im Kühlschrank. Weiß nicht, wann dein Vater heimkommt, warte mit dem Abendessen nicht auf ihn. Geh früh ins Bett, du siehst abgespannt aus.«

Die Fahrt vom Spiel direkt zum Krankenhaus hatte die Ordnung etwas durcheinandergebracht; er hatte keine Hausaufgaben mit. Eigentlich müßte er Hunger haben; die Sorge um das Spiel hatte ihm am Mittag den Appetit verschlagen, und richtig gefrühstückt hatte er auch nicht, fiel ihm ein. Er wärmte die Pfanne an und wickelte ein Steak aus der Folie. Als er es in die Pfanne legte, lief ihm bei dem aufsteigenden Duft das Wasser im Mund zusammen. Er deckte den Küchentisch mit einem Teller, füllte sich ein Schüsselchen mit Salat und schenkte sich ein Glas Milch ein. Dann wendete er das Steak in der Pfanne.

Er machte den kleinen Küchen-Fernseher an – ohne den würde Mrs. Holden keinen Finger in der Küche rühren – und sah sich ohne viel Interesse ein altes Lustspiel an. Das Steak war erstklassig, aber nach der ersten Hälfte konnte er eigentlich keinen Bissen mehr herunterbringen. Mit schlechtem Gewissen schüttete er die Reste in den Mülleimer – schade, daß Mutter immer sagte, in der Großstadt sollte man keine Hunde halten – und brachte Teller und Besteck im Geschirrspüler unter.

Er ging auf sein Zimmer, das so gemütlich und unaufgeräumt war, daß er sich darin wohl fühlte. Da nahm er sein Gewehr aus der Vitrine über seinem Schreibtisch und strich zärtlich darüber. Der Schaft aus dunklem Holz war seidenglatt, die gewölbte Kolbenkappe war genau richtig für die Schulter. Er hielt es zum Fenster hoch und zielte über den schlanken, brünierten Lauf.

Jetzt stellte er sich seinen Hirsch vor, mit einem Geweih sechzig Zentimeter breit und fünf symmetrisch angeordneten Endenpaaren – eine nordamerikanische Rekordtrophäe. Er schob den Verschlußbügel nach oben und zog ihn zurück, ließ ihn nach vorn und hinunter gleiten, während er durch das Zielfernrohr visierte. Da stand ein Hirsch, siebzig Meter entfernt, das mächtige Haupt erhoben, noch nicht beunruhigt, aber wachsam. Er lauschte. Mike atmete ein, zielte aufs Blatt. Hörbar atmete er aus, zog den Abzugsbügel. Peng! Ein sauberer Schuß. Der Hirsch knickte in den Kniekehlen ein und fiel. Lag still, der große Kopf auf dem Schnee...

Nur noch einen Monat. Genauer gesagt, sechsundzwanzig Tage. Er zog den Bügel hoch und wischte das Gewehr sorgsam mit einem ölgetränkten Lappen ab, bevor er es wieder zurücklegte. Er ließ die Glasfront einrasten und verriegelte das Fach. Er steckte den Schlüssel ins Schreibtischschloß. Noch ganze sechsundzwanzig Tage.

Das unverhoffte schrille Geklingel jagte ihn fast vom Stuhl hoch. Was war denn nur los mit ihm? Er ging zum Apparat in der Küche.

»Hallo?«

»Mike, wie geht's dir?« Es war Gloria. Er ließ sich langsam an der Kühlschranktür zu Boden gleiten, bis er mit dem Rücken bequem gegen die Tür gelehnt dasaß.

»Hallo!«

»Sie haben gesagt, die anderen aus der Mannschaft, du hättest ins Krankenhaus gemußt. Ich bin zu Tode erschrocken.«

Mike fühlte sich schon viel besser. »Ach, war nichts. Eine Grippe oder so was, nehme ich an.«

»Fühlst du dich besser?«

»Klar. Glänzend.«

»Vielleicht könnten wir ins Drugstore gehen oder irgend wohin ...?«

Mike schluckte eine plötzlich aufsteigende Übelkeit hinunter und mußte an das Steak im Mülleimer denken. »Ich ...«

»Wenn du nicht willst, sag's nur.«

»Gloria, du weißt, daß ich will. Bloß, ich bin nicht so gut beieinander. Ich glaub', ich muß heute früh ins Bett.«

»Aber sicher. Alles in Ordnung.«

»Tut mir so leid.«

»Schon gut. Also, seh' dich dann.« Sie hängte ein.

Verdammt. Wär' er doch nur gegangen. Aber angenommen, ihm wird unterwegs schlecht? Mit dem Hörer in der Hand saß er da und starrte düster auf die Fliesen am Boden. Als er endlich auflegte, schellte es gleich wieder. Er riß den Hörer ab.

»Mike?«

»Ach, du bist's, Doug.«

»Kannst du das nochmal sagen, aber mit etwas mehr Gefühl?«

»Rutsch mir den Buckel runter.«

»Hab' vorher schon angerufen, war aber besetzt.«

»Das war Gloria.«

»Und warum hörst du dich an, als hätte dein Lieblings-Goldfisch gerade ins Gras gebissen?«

»Hör jetzt auf!« schnaubte Mike.

»Klarer Fall.« Die Leitung war tot. Mike hängte ein, und unmittelbar darauf klingelte es wieder. Er nahm ab. Doug sprach einfach weiter. »Und was war da mit dem Krankenhaus?«

»Gar nichts, soweit ich weiß.« Mike erzählte ihm von dem Arzt auf der Notstation. »Da denkt man doch, er würde einem wenigstens etwas verschreiben, Antibiotika oder so was. Also ganz im Ernst, ich hab' das Gefühl, er und Alice haben da zusammengespielt, damit bloß niemand die Schule verantwortlich machen kann.«

»Was erwartest du denn? Ist halt das Establishment. Und wie geht's dir jetzt?«

»Müde.«

»Hau dich in die Falle!«

»Wollt' ich gerade, als du angerufen hast.«

»Erzähl mir nichts. Ich kann hellsehen. Du hast doch da gesessen und auf den Hörer gestiert und bist dir beschissen vorgekommen. Wieso eigentlich?«

»Sie fand das gar nicht komisch, daß ich heute nicht mehr mit ihr ausgehen wollte. Du, hör mal, hast du nicht vielleicht Lust, mit ihr ins Kino ...«

»Nee, nee, nicht meine Kragenweite, vielen Dank«, sagte Doug schnell. »Ach Mensch, mach dir doch nichts draus. Wird schon drüber wegkommen. Du bist doch ihr blauäugiger Prinz, oder?«

Mike starrte auf den Fußboden. »Ich hab' mich so blamiert. Wär' sie bloß nicht dabei gewesen.«

»Was denn? Die Ohnmacht? Vergiß es. Weißt du, als du zu Boden gingst, hab' ich gedacht, einer hätte dir ein Bein gestellt. Gloria hat's sicher auch geglaubt. Jedenfalls ist es vorbei. Du machst dir zuviel Sorgen.«

»Sicher, Opa.«

»Na einer muß dir doch mal die Meinung sagen!«

Mike lachte in sich hinein und gähnte. »Bin ja richtig verlegen. Also bis morgen.«

»Bis morgen.«

Er fürchtete, daß sie hämische Bemerkungen über sein dämliches Benehmen machen würden, ganz zu schweigen von seinem Beitrag zum Verlust des Spieles, denn trotz der netten Worte von Alice fühlte er sich immer noch etwas schuldig. Aber am nächsten Tag ging kein Mensch mehr darauf ein, außer vielleicht mit dem freundlichen Zuruf: »He, hoffentlich geht's wieder besser.«

Er eilte von Klasse zu Klasse und machte in der Mittagspause und einer anschließenden Freistunde alle nachzuholenden Schulaufgaben, es ergab sich gar keine Möglichkeit, mit Gloria zu sprechen.

Als er am Nachmittag den Schlüssel im Schloß drehte, klingelte das Telefon im Haus wie verrückt, aber als er es endlich erreichte, hörte er nur noch das Rufzeichen. Aber eine halbe Stunde später klingelte es wieder.

»Ist Mrs. Rankin zu Hause?«

»Nein, sie ist in irgendeiner Konferenz oder so was. Kann ich was ausrichten?«

»Und Mr. Rankin?«

»Nein, Dad kommt heute erst spät zurück.«

»Mike, du bist am Apparat?«

»Ja. Wer...«

»Hier ist Dr. Hinton. Wie fühlst du dich heute?«

»Och ganz in Ordnung. Noch ein bißchen schlapp. Woher wußten Sie...? Ach so, das Krankenhaus hat sicher mit Ihnen gesprochen. Sie wollten meine Mutter sprechen?«

»Ja, sie möchte mich doch bitte so schnell wie möglich anrufen. Ich geb' dir auf alle Fälle auch meine Privatnummer, wenn ich dann nicht mehr in der Praxis bin. Oder dein Vater soll mich anrufen, wenn er eher daheim ist.«

»Der kommt nicht eher. Er hat noch eine späte Verabredung.«

»Also einer von beiden soll mich anrufen. Danke.« Er nannte seine Nummer und hing unvermittelt ein.

Komisch. Mike hatte keine Ahnung, daß mit seiner Mutter etwas nicht stimmte. Vielleicht so eine Frauensache wie die Wechseljahre. Obwohl, sie sah tadellos aus. Er schrieb einen Zettel, hängte ihn an den Kühlschrank und ging mit einem Glas Milch und ein paar Erdnußbutterbroten auf sein Zimmer, um die restlichen Hausaufgaben zu machen. Der Jagdclub traf sich um sieben, und danach war keine Zeit mehr für Hausaufgaben.

Es war wieder sehr interessant; eine Übungsstunde im Hallenschießstand der Pfadfinder im gleichen Wohnblock, dann ein Kurzfilm über Pirschjagd in der Schulbücherei. Es waren nur zehn Mann dabei, alle aus der zwölften Klasse mit Ausnahme von Doug, Mike und Laurie. Mr. Lee, der Turnlehrer, der richtig jagdbegeistert war, leitete hinterher die Diskussion. Die aus der zwölften Klasse redeten am meisten und natürlich Doug. Nichts kann Doug am Reden hindern. Mike hörte meist nur zu. Als Zuhörer kann man eine Menge lernen.

Anschließend gingen sie auf eine Pizza zu Diamone und stritten die nächsten zehn Minuten über die richtige Sorte.

»Also sag irgendeine Zahl zwischen eins und zwanzig.«

»Fünfzehn.«

»Aha. Da sind Krabben drauf. Sauerei. Und so kleine Fische.«

»Also dann achtzehn.«

»Hawaiisch.«

»Fehlt noch. Ananas. Schreit gen Himmel.«

»Und bitte nichts mit Oliven und Paprika.«

»Ja, dann bleibt nur noch Nummer Drei. Oder Nummer Fünf. Peperoni mit Käse oder Schinken mit Käse.«

»Das nehmen wir. He, Miß, wir bekommen eine große Nummer Drei und eine große Nummer Fünf.«

»Sie sind neu hier, was?« Doug zwinkerte der Kellnerin zu, und sie kicherte.

»Was wollen Sie zu trinken?«

»Ich bekomme ein Lagerbier«, sagte Laurie mit Baßstimme, »und meine Freunde auch.«

Die Kellnerin sah sie mißtrauisch an. Mr. Lee erlöste sie aus ihrem Zwiespalt. »Eine Cola für jeden dieser Trottel«, bestimmte er.

»Aber Mr. Lee«, protestierte Laurie. »In zwei Monaten werde ich achtzehn.«

Die Kellnerin ging, und sie stritten noch ein Weilchen herum.

»Ich verstehe immer noch nicht, warum meine Treffer ungültig sein sollen, Mr. Lee.« John war ein ernstblikkender Junge, der dem Club gerade beigetreten war.

»Du hast nur zwei Schüsse auf jedes der fünf Ziele«, erklärte Mr. Lee geduldig zum wiederholten Mal. »Auf jeder Scheibe waren aber vier oder fünf Treffer.«

»Ich hab' aber insgesamt nur zehnmal geschossen.« John schaute sich hilfesuchend um. »Ehrlich.«

»Da stinkt was ganz gewaltig«, stellte Rick fest. »Das war bestimmt so ein Verrecker aus der elften Klasse.«

»Wir?« Doug machte ein unglaublich verwundertes Gesicht. Mike versuchte auch, so fassungslos auszusehen, aber mit Doug konnte er sich nicht messen.

Sie hatten ihre Runden schon früh hinter sich gebracht und sich dann noch weiter auf Kosten des neuen Jungen amüsiert, während der noch sein erstes Ziel anvisierte.

»Ich bin sicher, das passiert nicht noch einmal, John. Oder was meint ihr?«

Doug und Mike starrten ihn unschuldig an.

»Ich bin noch etwas durcheinander mit der Pirsch und

dem Anstand«, sagte John verlegen. Er wußte, er wurde verschaukelt, aber er wußte nicht, wie.

Doug lachte. »Pirschjagd, das ist die Spezialität von Mike. Was, Mike? Hat fabelhaft geklappt bei Gloria. Du hast ganz still gelauert, bis sie dich gefangen hat.«

»He Doug, halt die Klappe, verdammt.« Mike wurde rot und kickte Doug unter dem Tisch. Die anderen brüllten vor Lachen.

Mr. Diamone kam zu ihrer Ecke herüber. »Verzeihung.« Er versuchte, das Gelächter zu übertönen.

»Tut mir leid, wir machen sicher zuviel Krach«, sagte Mr. Lee entschuldigend.

»Nein, nein, das ist in Ordnung. Aber ist ein Mike Rankin hier?«

»Sicher, das bin ich. Warum?«

Mr. Diamone grinste verständnisvoll und so breit, daß man die Goldzähne schimmern sah. »Ihre Mama hat schon zweimal angerufen. Sie sollen gleich nach Hause kommen.«

Die aus der zwölften Klasse pfiffen laut.

»Du armes Kind«, sang Steve klagend.

»Wieder so spät, du böser Bube!« sagte Rick mit Fistelstimme.

»Ach hört auf!« stieß Mike hervor. Er spürte, wie er wieder rot wurde. Er sah auf die Uhr. Kurz nach halb zehn. Er streckte sein Kinn vor. »Erst eß' ich.«

»Richtig. Zeig's ihnen«, sagte Laurie.

Doug trat ihn unter dem Tisch. »Ruf doch an«, flüsterte er. »Ich meine, das ist doch sonst nicht die Art deiner Mutter.«

»Da hast du recht. Aber Herrgott nochmal, vor all diesen Kerlen hier...« Er suchte in seinen Taschen. »Verdammt, hast du Zehner?«

»Klar. Nur die Ruhe, Mike.«

Es klingelte nur zweimal, dann war seine Mutter schon da. »Ich bin's Mam.«

»Ach Gott sei Dank.«

»Was ist denn los? Irgendwas mit Dad?« Die plötzliche Verkrampfung spürte er wie einen Eisenring um die Brust. Er konnte nicht mehr atmen und mußte sich anlehnen.

»Nein, nein. Hast du geglaubt...? Tut mir leid. Wir müssen nur dringend etwas besprechen. Kommst du nach Hause?«

Er atmete tief ein, als die Panik wich. »Jetzt? Mam, es ist halb zehn, wir haben gerade bestellt.« Die Leitung blieb still. »Bist du noch da?«

»Ja.« Ihre Stimme war lebhaft und frisch. »Tut mir leid. Ich hab' nicht dran gedacht. Also hör mal, iß in Ruhe deine Pizza, und dann kommst du. Einverstanden?«

»Klar. Mam...?«

»Ja, Liebling?«

»Ist denn mit dir alles in Ordnung? Ich meine, natürlich komm' ich auch sofort, wenn du...«

»Nein, nein. Ich wollte dich nicht erschrecken. Es geht uns gut. Also, bis gleich.« Mike hängte ein und ging zum Tisch zurück.

»Alle Probleme gelöst?« stichelte Rick.

»Na klar. Keine Sorge. Ich hab' ihr gesagt, sie soll aufhören, mir dauernd den Nerv zu töten. Ihr wißt ja, wie Mütter sind.«

Er hatte es kaum gesagt, da bereute er es schon. Manchmal ist es schwer, loyal und gerecht zu bleiben und sich gleichzeitig mit den richtigen Kumpels gut zu stellen.

Jetzt kamen die Pizzas. Jeder nahm sich sein Stück, und Doug flüsterte: »Alles in Ordnung?«

»Klar. Glaub' schon.«

Mike hatte eigentlich keinen Hunger. Er aß nur ein Eckchen Pizza und trank seine Cola aus. »Also ich gehe. Bis bald, Leute.« Er legte drei Dollar auf den Tisch. »Erledige das bitte für mich, Doug.«

Ganz plötzlich war es kalt geworden, der Himmel war bleifarben und verhangen. Schnee lag in der Luft. Wunderbares Jagdwetter. Er steckte die Hände tief in die Taschen. Es war Halloween, der Tag vor Allerheiligen.

Morgen war der 1. November; jetzt dauerte es nicht mehr lange...

Er ging schnell, das Gespräch mit seiner Mutter beunruhigte ihn. Sie machte sonst niemals Theater. Sie hatte gesagt, es sei alles in Ordnung mit ihr und Dad, aber... da war der Anruf von Dr. Hinton. Und jeden Tag las man in den Zeitungen von Geschäftsleuten, von Vierzig- bis Fünfzigjährigen, die plötzlich einen Herzinfarkt bekamen. Dad war jetzt fast fünfzig. Angenommen...

Als Mike in das Halbrund der Einfahrt einbog, war er fast am Rennen und ganz außer Atem. Er mußte sich gegen eine Laterne lehnen, um für die letzte Steigung wieder zu Kräften zu kommen.

Sie warteten schon im Wohnzimmer. Einige Zeit vorher mußte das Feuer im Kamin gebrannt haben, aber sie hatten es ausgehen lassen oder vielleicht ganz vergessen, und jetzt war da nur noch Asche und eine schwache Glut. Beide schauten auf, als er hereinkam, lächelten, rührten sich, sagten Hallo; aber er hatte das Gefühl, daß sie vor seinem Eintreten regungslos wie Statuen in das tote Feuer gestarrt hatten.

Dad sah gut aus. Mike mußte sich auf den nächsten Stuhl setzen, als ihm die Knie weich wurden. Auch seine Mutter schien ganz normal. Erleichtert atmete er tief ein.

»Also was ist mit euch beiden? Ihr habt mich jedenfalls zu Tode erschreckt.«

»Tut mir leid, Liebling. Aber manchmal bleibst du lange weg, und wir müssen heute noch etwas besprechen. Ich glaube, ich war etwas durchgedreht.«

»Na schon gut, Mam.« Fragend blickte er von einem zum anderen. Das letzte Stück Holz im Kamin zerfiel mit einem kleinen Zischlaut, und ein paar Funken stoben auf.

Seine Mutter löste die gefalteten Hände und hielt die Handflächen automatisch zu dem nicht vorhandenen Feuer hin.

»Dr. Hinton rief heute an, Mike. Er hat den Bericht des Arztes von der Notstation, der dich gestern untersucht hat. Es hat den Anschein, daß deine Müdigkeit und der Ohnmachtsanfall nicht einfach mit einer Erkältung zu erklären sind. Du bist sehr blutarm, es könnte Drüsenfieber sein oder...«

»Oder sogar noch etwas Schwierigeres«, fuhr sein Vater fort, als sie ins Stocken kam. »Jedenfalls wollen sie dich für ein paar Tage im Krankenhaus beobachten und ein paar Tests machen.«

»Krankenhaus? Ich?« Mike sah sie entgeistert an. Sein Leben lang war er gesund gewesen. Keine Mandeln, kein Blinddarm. Nur manchmal Notstation, um Schnitte zu nähen...

»Wird nicht so schlimm sein, Mike. Und der kleine Urlaub wird dir gut tun.«

»Meinst du nicht, daß Dr. Hinton da vielleicht ein bißchen viel Wind macht wegen nichts und wieder nichts? Stimmt schon, mir ist ein bißchen flau. Aber hier gibt's ja im Moment jede Menge Erkältung in der Gegend.«

»So kann es sein.« Seine Mutter hörte auf, sich die Hände vor dem toten Kamin zu wärmen und lächelte ihn an. Sie sah müde aus. »Dr. Hinton ist ja auch ein alter Nörgel-Opa. Das ist der Preis, den du zahlst, wenn du einen Hausarzt hast, der deine Eltern fast ihr ganzes Leben lang betreut hat und außerdem dich zur Welt gebracht hat.«

»Und die Tests beweisen dann wenigstens, daß da nichts ist. Erinnerst du dich noch, vor zwei Jahren, als ich diese schlimmen Brustschmerzen hatte, Anita? Mann, da haben wir doch wirklich geglaubt, das Spiel ist aus. Und dann stellt sich heraus, es war nur Streß.«

»Das schlimmste, was mir passieren kann, ist Drüsenfieber. Gloria wird mir den Kopf abreißen. Und ich muß dann noch eine ganze Weile vorsichtig sein. Mensch, das wird langweilig.«

»So wird's wohl sein.« Sein Vater stand auf und legte ihm eine Hand auf die Schulter. »Und jetzt ab mit dir und geh gleich schlafen. Ich habe versprochen, dich morgen vor neun an der Aufnahme abzuliefern. Du mußt dir noch eine Tasche packen.«

»Soll ich es für dich tun, Liebling?«

»Nein, nein, mach' ich schon. Was soll ich mitnehmen?«

»Nun, Zahnbürste, Schlafanzug, Bademantel, Pantoffeln. Es sind ja nur ein paar Tage.«

»Am besten nimmst du auch noch ein Buch und ein paar von deinen Wortsuchspielen mit. Labortests – so wie ich die kenne, heißt das Stunden und Stunden, in denen man nur rumsitzt und wartet. Da langweilst du dich zu Tode.«

3

Sein Vater behielt recht. Nachdem Mike erst einmal die ungemütliche Atmosphäre der Aufnahme hinter sich gelassen hatte und am hellichten Tage in ein hochbeiniges, kaltes Bett geklettert war, gab es für ihn nichts mehr als vier nackte Wände und einen Fernseher mit Ratespiel- und Kindergarten-Programmen. Es gab nichts anderes zu tun, als tödlich gelangweilt abzuwarten, daß die Tür aufging und wieder eine neue Assistentin mit einem Tablett voller Spritzen und kleinen Glasbehältern hereinkam.

»Ich brauche kein Einzelzimmer«, hatte er eingewandt, als sie die Formalitäten bei der Aufnahme erledigten, aber die wegwischende Handbewegung seines Vaters brachte klar zum Ausdruck: Nur das Beste ist gut genug für George Rankins Sohn. Er schien gar nicht hinzuhören. Es war alles schon festgelegt. Mike seufzte. In einem Mehrbettzimmer hätte man sich wenigstens unterhalten können. Er blätterte in einem Taschenbuch mit der letzten Geschichte einer Agentenserie, aber selbst Spione interessierten ihn im Augenblick nicht.

Nach einem ewig langen Vormittag hörte er draußen

das Geklapper von Tabletts. Das verbesserte seine Laune. Aber es kam kein Mensch, und nach einer Weile verstummte der Lärm, und die schläfrige Nachmittagsruhe herrschte in den Gängen. Mikes Magen machte sich knurrend bemerkbar. Ob sie ihn einfach vergessen hatten? Er überlegte, ob er nicht klingeln sollte, wagte es aber dann doch nicht – vielleicht dachten sie dann, es sei etwas Schlimmes passiert.

Endlich flog die Tür auf. War ja auch Zeit. Aber es war nur ein Pfleger mit einem Rollstuhl.

»Was ist denn mit meinem Mittagessen?«

»Davon weiß ich nichts. Ich soll Sie nur ins Behandlungszimmer bringen.«

»Wozu?«

»Tut mir leid. Davon weiß ich auch nichts.«

Es kam ihm ganz lächerlich vor, im Rollstuhl zu sitzen, zumal es nur durch einen Korridor ging, durch eine Halle mit vielen Aufzügen und Sesseln rings herum, und weiter durch einen anderen Korridor bis zu einer kleinen weißen Zelle, so groß wie der Innenraum eines Kühlschranks, mit der Bezeichnung »Behandlungszimmer 4« an der Tür.

Behandlung? Der Pfleger mit Stuhl verschwand, und Mike saß in seinem Bademantel auf dem einzigen Stuhl, den es hier gab. Hier war alles aus Chrom und weißen Fliesen. Kein Laut drang durch die Tür. Es war empfindlich kalt. Mike fröstelte. Er war zwar nicht verängstigt, aber diese Zelle hier...

Die Tür ging auf, und herein kamen ein Arzt und eine Schwester, die er beide noch nicht gesehen hatte.

»Hallo...« Der Arzt warf einen Blick auf das Krankenblatt in seiner Hand. »Hallo, Michael. Ich bin Dr. Wagner, ein Stationsarzt hier. Ich nehme an, du fragst dich, was wohl den ganzen Tag hier los war.«

»Richtig. Besonders was mit meinem Mittagessen los war. Warum...?«

»Noch etwas Geduld bitte.« Er hatte ihm offenbar gar nicht zugehört. »Eine Untersuchung müssen wir noch machen. Leg dich hier auf den Tisch, auf den Rücken bitte. Oberkörper frei.«

Mike legte sich zurück, sein Hunger wuchs, und ihm wurde immer kälter. Fast hätte er aufgeschrien, als die Schwester ihm etwas Nasses und Eiskaltes dick auf den Brustkasten schmierte.

Sie grinste ihn teilnahmsvoll an.

»Nur antiseptisch«, sagte sie sanft. »Tut mir leid wegen der Mahlzeit. Da hätte jemand Bescheid sagen müssen. Aber diesen Test hier macht man am besten auf nüchternen Magen.«

Er hätte sie gern gefragt, um was es ging, aber in Anwesenheit des Arztes mit dem kantigen Kinn hatte er nicht den Mut dazu. Seine Brust wurde ganz gefühllos; erstaunt schaute er an sich herab. »He, was machen Sie da? Sie wollen mich doch nicht operieren? Mir fehlt nichts an der Brust.«

»Nur die Ruhe. Wir prüfen nur, wie die Blutzufuhr bei dir funktioniert. Es tut vielleicht etwas weh im Brustbein, aber nur im ersten Moment. Mach einfach die Augen zu und entspann' dich!«

Mike schloß die Augen, aber zu spät. Er erblickte gerade noch flüchtig die riesige Spritze mit einer Nadel, die eher zum Aufbrechen von Straßen geeignet schien als für menschliche Wesen. Er machte die Augen fest zu und hielt den Atem an. »Bitte gleichmäßig durchatmen und ganz entspannen!« sagte die Stimme ruhig. Entspannen? Plötzlich, unerwartet, durchschoß ihn der Schmerz, der mitten aus dem Brustbein kam. Er schnappte nach Luft.

»Ruhig«, sagte der Mann, wie aus der Ferne, in seine Tätigkeit vertieft.

Jemand hielt seine Hand. Weich und warm. Er griff zu, und die Hand erwiderte den Druck. Die war schon in Ordnung, diese Schwester. Wirklich eine phantastische Person. Er merkte, wie ihm der Schweiß übers Gesicht lief. Plötzlich kippte das Zimmer seitlich weg und drehte sich im Kreis. Er war jetzt froh, daß er nichts zu essen bekommen hatte. Er mußte schlucken.

Der scharfe Schmerz ließ nach und wurde abgelöst von einem dumpfen Schmerzempfinden, für das er fast dankbar war. Er fühlte den Druck eines Verbandes auf der Brust. Vorsichtig machte er die Augen auf. Die Schwester wischte ihm mit einem feuchtwarmen Tuch über Gesicht und Schultern. Er schwitzte, als hätte er gerade ein hartes Basketball-Spiel hinter sich.

»Bleib liegen, bis der Pfleger dich wieder auf dein Zimmer bringt.« Das Viereck-Kinn verzog sich zu einem mechanischen Lächeln und verließ ihn mit einem Tablett, über das ein weißes Tuch gebreitet war. Die Schwester half Mike in sein Pyjama-Oberteil und in den Bademantel hinein. Er war glücklich, sich einfach auf dem harten Tisch zurücklegen und ihr beim Aufräumen zusehen zu können. Sie lächelte ihm herzlich zu, als sie hinausging. Eine hübsche Person. Herrliche Beine.

Im Laufe des Nachmittags kamen weitere Assistentinnen. Sie nahmen Blut ab. Sie machten Abstriche – in der Nase, im Hals, in den Ohren. Er wurde von Kopf bis Fuß ganz genau begutachtet. Nach einer Weile verkroch er sich unter die weiße Bettdecke und tat so, als schliefe er. Aber das half ihm auch nichts.

»Wann kann ich nach Hause? Was fehlt mir überhaupt?« Das fragte er jeden, der hereinkam, aber ihm wurden nur ausweichende Antworten oder teilnahmslose Blicke zuteil. Dann spazierte Dr. Hinton herein, als Zivilist verkleidet mit hellgrauen Hosen und dunkelblauem Blazer. Mike wiederholte seine Fragen.

»Du hast eine ziemlich schwere Anämie«, sagte Dr. Hinton. »Morgen früh bekommst du eine ganz bestimmte Transfusion, und dann fangen wir mit der Behandlung an. Ich fürchte, du mußt jetzt eine Weile lang etwas kurz treten. Keine Leichtathletik mehr, ach so, ist ja Basketball, nicht wahr? Aber wenn wir dich erst mal wieder einigermaßen hingekriegt haben, dann kannst du nach Hause gehen und brauchst nur noch an den Wochenenden zur Behandlung zu kommen.«

»An den Wochenenden? Wie lange denn?«

»Noch schwer zu sagen.«

»Ich muß am Wochenende vom 27. November auf den Beinen sein.«

»November? Na ja, versprechen kann ich nichts, aber da müßte es dir eigentlich schon besser gehen. Was gibt's denn da Besonderes? Schulfest mit Tanz?«

»Hmhm. Vier Tage schulfrei. Kurz vor Ende der Jagdzeit. Wir gehen in die Swan-Berge und bringen ein paar Hirsche zur Strecke.«

Dr. Hinton runzelte die Stirn. »Von Ausflügen hat dein Vater nichts gesagt.«

»Hat's wahrscheinlich vergessen. Er macht sich nichts aus solchen Sachen. Aber Sie sollten mal das tolle Gewehr sehen, das er mir zum Geburtstag geschenkt hat. Nein, ich gehe mit Doug O'Reilly und seinem Vater.«

»Schon lange geplant, was?« Dr. Hinton saß am Bettende und ließ seine Brille in der Hand hin- und herschwingen.

»Das können Sie glauben. Das ganze Jahr lang. Erst in diesem Herbst sind wir nämlich alt genug geworden, um die Jagdlizenz zu kaufen.«

Dr. Hinton schüttelte langsam den Kopf. »Ich fürchte, ich muß dich enttäuschen, Mike, aber das ist leider ausgeschlossen.«

»Wie meinen Sie das? Bis dahin muß ich wieder fit sein. Sie haben selbst gesagt, dann würde es mir besser gehen.«

»Ich habe gesagt, dann müßte es dir eigentlich schon etwas besser gehen. Das ist ein Unterschied.«

»Das ist so ziemlich dasselbe. Aber keine blöde Anämie wird mich von diesem Jagdausflug zurückhalten.«

Dr. Hinton stand auf, schaute auf Mike hinunter. Einen Augenblick lang sah es aus, als wollte er weitere Einwände machen. Aber er zuckte nur die Achseln.

»Also ich überlasse das George und Anita. Mit ihnen kannst du das ja ausdiskutieren, wenn sie heute abend herkommen.«

Aber zuerst kam Doug, gleich nach einem niederschmetternden Abendessen mit Tomatencremesuppe, weißem Fisch in irgendeiner unappetitlichen Sauce und Reispudding. Sehnsüchtig dachte Mike an das Steak, das er vor ein paar Tagen in den Mülleimer gekippt hatte. Doug sprang ins Zimmer herein, der ganze Kerl bestand nur aus Sommersprossen und rotem Haar, und er wirkte in dem kleinen Raum besonders groß und gesund. »He Mike, wie geht's?«

»Och, ganz gut. Haben jedenfalls aufgehört, Nadeln in mich reinzupieken. Du kannst dir nicht vorstellen, die von heute nachmittag...« Er machte eine spannende Geschichte draus, übertrieb nur ein wenig bei der phantastischen Schwester und wie er sie dazu gebracht hatte, seine Hand zu halten.

Doug lachte in sich hinein und setzte sich schwer aufs Fußende des Bettes. »Laß das bloß nicht Gloria hören.«

»Mach keinen Unsinn. Eh... hast du sie heute mal gesehen?« fragte er beiläufig.

»Ja, sie war über Mittag im Kaffeekeller«, erwiderte Doug noch beiläufiger. Dann grinste er und fuhr fort: »Sie fragte, wie's dir ginge, ob du bald heimkämst und so Zeug...«

»Tatsache?« fragte Mike beglückt.

»Ich sagte, ich würde ihr Bescheid geben, wann sie dich hier rausschmeißen. Weißt du schon, wann?«

»Die sagen einem nichts. Gar nichts.«

»Nicht mal, was dir fehlt?«

»Mike schüttelte den Kopf. »Irgendwas mit Anämie. Die haben mir soviel Blut abgezapft, ich komme mir vor wie vom Vampir gebissen. Jetzt bin ich wahrscheinlich wirklich blutarm, auch wenn ich's vorher nie war.«

»Für unser Unternehmen bist du aber okay, oder?«

»Verlaß dich drauf. Nichts und niemand wird mich daran hindern.«

»Woran hindern, Mike?« Seine Mutter kam lächelnd ins Zimmer, sein Vater hinterher. »Ach Doug, das ist aber nett, dich zu sehen.«

»Hallo Mrs. Rankin, Mr. Rankin.« Doug kam vom Bett herunter.

»Wir haben gerade von unserem Ausflug in die Swan-Berge gesprochen, Mam. Ende nächsten Monats. Quatsch, heute ist ja schon der Erste, also Ende dieses Monats. Da will ich die neue Weatherby-Büchse ausprobieren, Dad.«

»Was? Ach, dein Gewehr. Hatte ich schon alles vergessen.«

»Na, ich bestimmt nicht. Und Doug auch nicht. Das wird ein superlanges Wochenende.«

Seine Mutter sah den Vater bedeutungsvoll an. Sie ist bleicher als sonst, dachte Mike. Vielleicht die Krankenhaus-Atmosphäre, die schien alle beide etwas nervös zu machen.

Sein Vater brach das Schweigen. »Hör mal, Mike, ich glaube, du mußt dich möglicherweise damit abfinden, daß du diesen Ausflug nach Norden nicht mitmachst...«

»He, das kommt überhaupt nicht in Frage...«

»Dr. Hinton meint, es sei jetzt nicht sehr klug...«

»Mam, du hast ihn selber einen alten Nörgel-Opa genannt. Du weißt, daß er immer übertreibt.«

»Trotzdem, Mike...«

»Mrs. Rankin, wir passen doch auf Mike auf, mein Vater und ich. Das ließen wir gar nicht zu, daß er sich überanstrengt. Vier Tage im Busch, das ist doch nur ein Klacks. Ehrlich.«

Mikes Mutter sah Doug völlig ausdruckslos an, fast so, als nähme sie ihn gar nicht wahr. Doug wurde rot vom Nacken bis in die Stirn, aber er gab nicht auf. »Ich verspreche Ihnen, daß wir auf ihn aufpassen.«

Die Mutter schien sich jetzt zu besinnen. Sie legte

eine Hand auf Dougs Arm. »Ich danke dir, Doug. Das ist lieb von dir. Ich weiß, du willst für Mike nur das Beste. Auch wir wollen nur sein Bestes, das darfst du nicht vergessen.«

»He, und was ist mit mir?« fiel Mike ein. »Darf ich auch mal was dazu sagen?«

»Wir werden den Vorschriften des Arztes folgen«, fuhr seine Mutter fort, als hätte sie ihn nicht gehört. »Und jetzt Doug, würde es dir vielleicht etwas ausmachen...« Sie warf einen Blick auf die Tür. Doug begriff sofort.

»Aber klar. Selbstverständlich. Gute Nacht, Mrs. Rankin, Mr. Rankin. Wiedersehen, Mike. Bis später.«

»Halt! Doug, warte doch mal...«

»Vielen Dank für deinen Besuch, Doug.« Mikes Vater schloß die Tür hinter ihm.

»Scheiß, Mensch. Warum habt ihr das gemacht?« Mike war den Tränen nahe.

»Mike! Bitte rede nicht so vor deiner Mutter!«

»Entschuldigung«, murmelte Mike. »Aber weißt du, Mam, ich hätte ihn gern noch hier gehabt. Er war gerade gekommen und wollte mir noch erzählen... von Gloria... und allem«, schloß er lahm.

Seine Mutter lächelte müde. Sie fuhr sich mit der Hand durchs Haar mit einer ungewohnten Bewegung, die ihre tadellose Frisur durcheinanderbrachte. »O Mike, wir möchten auch einmal mit dir reden können. Doug kannst du später immer noch sehen. Ach Mike, du bist erst einen Tag weg, und schon fehlst du mir.«

»Ja, ihr fehlt mir auch«, sagte Mike pflichtgetreu. »Und das hausgemachte Essen. Das Essen hier – großer Mist.« Er gab sich Mühe, munter zu erscheinen.

Sein Vater spielte mit. »Ja, ich erinnere mich auch. Das schlimmste im Krankenhaus damals war das Essen. Alles so weißlich und naß. Und dann die Langeweile. Brauchst du noch Bücher, Mike?«

»Ich hoffe nicht. Wie lange bleibe ich denn überhaupt hier? Kein Mensch sagt mir was.«

Da war ein Zögern. Oder bildete er sich das ein? Vielleicht machte dieses Haus ihn auch nervös.

»Dr. Hinton meinte, ein paar Tage müßtest du wahrscheinlich noch bleiben. Hab' etwas Geduld.«

»Ich will ja auch keine Schwierigkeiten machen, Mam, bloß daß ich überhaupt nicht weiß, worum es geht, das macht mich so fertig.«

»Also jetzt wird es sicher nicht mehr lange dauern. Und weißt du, was ich mir gedacht habe? Ich verschwende viel zuviel Zeit mit dem Hin und Her von einem Komitee zum anderen. Ich möchte jetzt zu Hause mehr mit dir zusammen unternehmen.«

»Mensch, das ist prima. Aber sei nicht so voreilig. Bin schließlich die meiste Zeit sowieso in der Schule.« Er runzelte die Stirn. »Ich hoffe nur, ich falle nicht zu weit zurück. Ich hasse das, nach den Heften der anderen zu lernen.«

»Mach dir da keine Sorgen, Mike. Richtig anstrengen mußt du dich erst in der zwölften Klasse, wenn es soweit ist, daß du an die Universität denkst.« Sein Vater stand steif am Fußende des Bettes. Komisch, wie unterschiedlich sich die Menschen in verschiedenen Situationen benehmen, dachte Mike. Wie wohl Gloria sich verhalten würde? Er stellte sich vor, wie sie neben ihm saß, vielleicht seine Hand hielt.

»Ich glaube, er ist müde, Anita.«

»Ja. Wir lassen dich jetzt in Ruhe, damit du richtig schlafen kannst.« Seine Mutter küßte ihn auf die Wange, und sein Vater klopfte ihm auf die Schulter. Dann schlug die Tür hinter ihnen zu, eine Atmosphäre der Unruhe blieb zurück, vergleichbar der Empfindung, die einen im Flughafen nach der Ankunft beschleicht.

Er war hellwach und zu Tode gelangweilt. Er probierte ein Fernsehprogramm nach dem anderen aus, aber sie schienen alle gleich blöd. Er nahm die Agentengeschichte vor, in der er gelesen hatte, und ließ sie nach einigen Seiten wieder fallen. Er konnte nicht einmal die Namen der handelnden Personen behalten. Nichts zu machen... als einfach auf die Uhr über der Tür zu starren... und sich sorgenvolle Gedanken zu machen...

Tack-tacktacktacktack-tack TACK.

Ein Klopfen so gar nicht nach Art des Hauses. Er setzte sich auf. »Herein!«

Dougs Krauskopf erschien am Türrand. »Ist die Luft rein? Oder kommen sie zurück?«

»Nein, sind heimgegangen. Ich dachte, du bist schon weg. Freu' mich, daß du wieder da bist, du Klotzkopf.«

»Ich hab' unten gemerkt, mein nächster Bus geht erst in einer halben Stunde, da hab' ich mir noch eine Cola bestellt. Und da kommen deine Eltern schon durch die Halle. Ich nehm' noch einen Schluck und mogele mich am Pförtner vorbei. Sag mal, was ist los, Mike?«

»Wie meinst du das?«

»Die waren ja schreckensbleich.«

»Tatsache?«

»Vielleicht seh' ich auch Gespenster. Vergiß es. Irgendwie ist das unheimlich hier. Und das packt dich nach einer Weile. Ich weiß Bescheid. Hier haben sie mir die Mandeln rausgenommen. Hab' mich noch nie so elend gefühlt wie damals. Dachte immer, meine Eltern hätten mich für immer verlassen, und ich konnte mir nicht vorstellen, was ich denn so Schlimmes verbrochen hätte.«

»Übertreib's nicht so.«

»Tatsache, du. Kann ich beschwören.«

»Hmhm, und wie alt warst du?«

»Vier.«

»Du Simpel, Mensch.« Mike lachte, war aber dann wieder niedergeschlagen. »Du, ich mach' mir Sorgen wegen unserer Fahrt. Angenommen, ich kann nicht mit. Angenommen, sie lassen mich einfach nicht.«

»Es ist noch ein ganzer Monat bis dahin. Kein Grund, warum dann nicht alles wieder glatt laufen soll. Nun red dir doch nichts ein, Mike.«

»Ja ja. Aber...«

»Konzentriere dich jetzt darauf, daß du wieder gesund wirst. Du weißt ja: der Geist befiehlt dem Körper. So kannst du den Arzt überzeugen, daß du wieder in Ordnung bist. Und dann ist alles überstanden. Klar?«

»Wahrscheinlich.« Mike trat verzweifelt gegen den Bettbezug. »Geh von meinen Füßen runter. Du bist schwer wie ein Faß, und mir schlafen die Beine ein.«

»Du, im schlimmsten Fall müssen wir halt ein Jahr warten.«

»Ein Jahr? Du spinnst ja, Doug. Ich kann kein Jahr mehr warten.«

»Na ja, das ist das Schlimmste, was passieren kann. Wahrscheinlich regst du dich wieder auf wegen nichts, wie immer. Jetzt wart erst einmal ab.«

»Und kein Basketball mehr, ich werde nie mehr in die erste Mannschaft kommen«, fügte Mike düster hinzu.

»Hör auf zu jammern. Denk doch mal, für dich entfällt Sozialkundeunterricht. Sogar Mathe. Du, ich muß dir ja noch erzählen, wie sich Mrs. Morgan heute in der Schulversammlung blamiert hat. Wir haben alle in die Hosen gemacht vor Lachen, und den ganzen Tag lief sie schamrot rum...«

Doug fing nun an, eine seiner Geschichten langatmig auszuspinnen, und Mike lachte so laut, daß das einer draußen vorbeigehenden Schwester auffiel. »Was machst denn du hier? Ich hab' dich doch vorhin hier weggehen sehen«, fragte sie Doug.

»Bin nur runtergehuscht, um eine Cola zu trinken.«

»Soviel ich weiß, soll Michael keinen Besuch empfangen.«

»Aber Schwester, bitte!«

»Sind sowieso nur noch fünf Minuten. Kann sicher nichts schaden. Aber macht nicht so einen Krach.«

Als sie wieder draußen war, sagte Mike in plötzlicher Panik: »Du kommst doch morgen wieder, oder? Weißt du... also... es ist so saulangweilig hier...«

»Klar, Mann. Jederzeit.« Sie stießen sich freundschaftlich in die Rippen, und kurz darauf ertönte der Summer, und Mike war wieder allein.

Am nächsten Morgen tauchte ein neues Gesicht auf. Ein neuer Arzt. Mike kam sich allmählich vor wie ein Wochenend-Braten, der auf dem Fließband für den Supermarkt aufbereitet wird. Dieser Mann war allerdings anders als die anderen Ärzte. Zunächst einmal kam er ans Bett und stellte sich vor, wie es sich gehört. »Ich bin Dr. Gage. Jim Gage. Was hast du lieber: Mike oder Michael?«

»Eh... Mike, vielen Dank.« Er schüttelte die ausgestreckte Hand. »Was ist denn mit Dr. Hinton passiert?«

»Ach, der schaut sicher mal hie und da wieder rein, um dich im Auge zu behalten. Aber er ist praktischer Arzt, und da ich ein Spezialist für Blutkrankheiten bin, übernehme ich jetzt deinen Fall.«

»Ach.« Mike war verwirrt. Ein Spezialist? Dr. Gage sah eigentlich viel zu jung aus, um Spezialist für irgendwas zu sein, dachte er, der mit seiner glatten, rosigen Haut, die offenbar noch keine Rasuren brauchte. Aber es war ein sympathisches Gesicht, und er schaute einen mit seinen grünbraunen Augen so offen an, als wäre er der Mann, dem man alle Fragen stellen könnte. »Wissen Sie, ich komme mir ziemlich böld hier vor«, wagte er sich vor. »Dabei bin ich nur ein bißchen müde...«

»Atemnot?«

»Manchmal. Wenn ich renne. Jetzt nicht.«

»Das ist diese Blutarmut. Wir werden dir eine ganz spezielle Transfusion verpassen, und dann fühlst du dich gleich wieder wie neugeboren.«

»Und dann kann ich nach Hause?«

»Huiuiui! Nicht so schnell. Also du brauchst dir hier nicht komisch vorzukommen. Wenn wir der Meinung wären, du hättest kein Bett hier nötig, würden wir dich rausschmeißen, lieber heute als morgen. Nach der Transfusion fangen wir mit der Behandlung an. Wir beobachten dich und sehen dann, wie du darauf reagierst. Da gibt's erstmal Tabletten. Die wirst du viermal täglich nehmen, mindestens vier Wochen lang. Und dann sehen wir, ob du Fortschritte machst. Es gibt ein paar Nebenwirkungen, aber nichts besonders Schlimmes. Vielleicht nimmst du etwas zu, aber du siehst mir ganz so aus, als könntest du noch etwas Fleisch auf den Rippen vertragen, was?« Er setzte sich auf den Bettrand, und Mike mußte grinsen, als er daran dachte, wie schuldbewußt Doug ausgesehen hatte, als seine Mutter ihn da ertappt hatte.

»Wenn ich also erst einmal diese Pillen nehme, kann ich dann wieder zur Schule gehen?«

»Das hoffe ich.«

»Und am letzten Wochenende im November zum Camping fahren?«

»Moment mal. Du bist wieder zu schnell. Leider ist eine weitere Behandlung parallel dazu nötig. Es sind intravenöse Spritzen, deswegen mußt du ins Krankenhaus kommen.«

»Aber Sie haben doch gesagt, ich könnte wieder zur Schule gehen!«

»Richtig. Die Spritze gibt's einmal in der Woche. Und dazu kommst du samstags ins Krankenhaus.«

»Ja, aber ...«

»Wir haben da nämlich ein Problem. Das Mittel, das am wirkungsvollsten gegen deine Krankheit hilft, ist sehr giftig. Das heißt, die individuelle Dosis muß sehr sorgfältig ermittelt werden, und wir müssen dich wegen unerwünschter Nebenwirkungen dauernd beobachten können.«

»Wenn ich also dieses Zeug bekomme, kann ich nicht auf die Jagd gehen? Hab' ich Sie da richtig verstanden?«

»Ja. Es tut mir sehr leid.«

»Okay. Dann fangen wir eben mit der Behandlung erst im Dezember an. Schließlich ist es nicht mal ein Monat bis dahin. Und Sie haben ja gesagt, nach der Transfusion bin ich wie neugeboren ...« Mike hörte auf zu sprechen; der Arzt schüttelte den Kopf. »Sie können mich nicht zu einer Behandlung zwingen!« Er schob sein Kinn vor.

Dr. Gage sah Mike einfach an, unverwandt und ernst, und sagte eine Minute lang nichts. Mike schluckte.

»Hör mal zu, junger Mann.« Der Arzt sprach mit ruhiger Stimme. »Es wird schwierig sein, mit dir unter diesen Umständen zu arbeiten. Aber es ist eine Tatsache, daß deine Eltern dich hier eingeliefert haben, und sie haben auch, mit ihrer Unterschrift, ihre Einwilligung zu dieser Behandlung gegeben. Es tut mir leid, Mike, aber du bist noch nicht volljährig. Daran läßt sich nichts deuteln. Lieber wär's mir natürlich, wir könnten miteinander statt gegeneinander arbeiten.«

»Dieses intravenöse Zeugs – wie heißt es?«

»Vincristin.«

»Könnte man es nicht ein bißchen zurückstellen? Nur die Pillen erstmal?«

Wieder schüttelte Dr. Gage den Kopf. Mike war wütend, er fühlte sich so ausgeliefert, und plötzlich kamen ihm die Tränen. Verdammt nochmal. Jetzt würde er gleich vor diesem wildfremden Menschen auch noch losheulen.

Dr. Gage stand auf. Er hatte offenbar nichts bemerkt. »Ich glaub', ich komme später noch mal rein, dann reden wir weiter. Ich muß jetzt wirklich meine Runde machen, sonst habe ich die Oberschwester am Hals.«

Er ging und machte die Tür hinter sich zu. Mike war zum Glück nun sich selbst überlassen. Er saß aufrecht im Bett, die Stirn gegen die angezogenen Knie gelehnt. Es war alles so gut gegangen. Die Zeit in der Oberstufe – eine wundervolle, eine glückliche Zeit, so hatte es einmal ausgesehen. Und mit einem Mal hatte er die Kontrolle über sein Leben verloren. Als ob etwas, was er in Händen gehalten hatte, sich unvermutet in Wasser verwandelt hätte, das ihm nun durch die Finger rann.

Nach einer Weile putzte er sich die Nase, stand auf und ging in das winzige Badezimmer, um sich das Gesicht abzuwaschen. Als Dr. Gage ein paar Stunden später wieder eintrat, stand Mike am Fenster und starrte geistesabwesend auf das Hin und Her unten auf dem Parkplatz.

Er verzog sein Gesicht zu einem kleinen, angestrengten Grinsen. »Also gut, fangen wir halt mit dieser blöden Behandlung an. Aber irgendwie komme ich noch zu meinem Jagdausflug.«

Was hätte er wohl getan, wenn er damals in die Zukunft hätte blicken können? Hätte er sich damit abgefunden, einfach zu hoffen? Oder wäre er gleich weggerannt, so wie er jetzt weggelaufen war...?

In der Erinnerung flossen die schlimmen Tage und Erlebnisse ineinander, doch in Wirklichkeit, erkannte er, hatten wohl immer Wochen dazwischen gelegen, und in der ganzen Zeit hatten sich alle miteinander verschworen, so zu tun, als wäre die Situation völlig normal.

Schmerzen, Schmerzen. Man hatte ihm nie gesagt, wie weh das Zeug tat. Und trotz der Mittel gegen Brechreiz gab es unbeherrschbare Brechanfälle, die ihn völlig erschöpften. Wenn er sich dann erholt hatte, ging er wieder zur Schule, und an der Oberfläche war alles wie früher. Aber in Wirklichkeit war alles verändert.

»Mike, was ist los mit dir? Den ganzen Abend hast du kein Wort gesagt«, tadelte ihn Gloria, als sie Mitte November eines Freitagabends nach dem Kino vor einer Pizza saßen. Es hatte eine Nachmittagsvorstellung sein müssen, damit er am Samstag ausgeruht zur Behandlung kommen konnte. Alles wird davon betroffen, dachte er düster. Elfte Klasse, und ich muß in die Nachmittagsvorstellung.

»Mike!«

»Hm?«

»Wenn du mir nicht mal zuhören kannst, dann geh' ich nach Hause. Mike, es macht keinen Spaß mehr mit dir.«

»He du, tut mir leid. Ehrlich. Geh doch nicht. Du weißt doch, was du mir bedeutest, was du...« Er unterbrach sich. Er hatte Angst, zu aufdringlich zu erscheinen; es könnte sie abschrecken, wenn sie irgendwie ahnte, daß eigentlich nur sie es war, die ihn aufrecht hielt, wenn die Behandlung anfing, ihn zu quälen. »Es ist halt...« Er zögerte. »Montags und dienstags erhole ich mich gerade von dieser dämlichen Behandlung, und ab dann fürchte ich mich schon wieder vor dem Samstag.«

Gloria seufzte. »Wie lange wird denn das so weitergehen?« Sie schob ihr schweres dunkles Haar vom Nacken weg nach hinten. Es drängte ihn, die Hand auszustrecken, es zu berühren, sein Gesicht darin zu vergraben. Er nahm einen langen Schluck aus seinem Milkshake.

»Ich weiß nicht. Ich habe Dr. Gage und Dr. Hinton gefragt. Ich habe meinen Vater und meine Mutter gebeten, sie zu fragen. Aber niemand sagt etwas. ›Bald.‹ Oder ›Nur Geduld, Liebling.‹ Oder ›In ein paar Wochen bist du wie neugeboren‹«, machte er sie alle nach und rührte niedergeschlagen in seinem Milkshake. »Ich traue ihnen allen nicht mehr. Nicht den Eltern, nicht den Ärzten.«

Gloria trank ihr Glas aus und wischte sich die Finger sorgfältig ab. »Mike, ich möchte nach Hause gehen. Das ist mir zu fade, alles.«

»Gloria, ich bitte dich...«

»Auf der Stelle, Mike!«

Danach verbarg er seine Gefühle noch sorgsamer, aber die dauernde Verstellung trug dazu bei, daß die Situation noch unwirklicher wurde.

Aber das Schlimmste in diesem Alptraum widerfuhr ihm eines Morgens, als er nach dem Weckerklingeln noch verschlafen ins Bad wankte. Er starrte ausdruckslos in den Spiegel auf dem Toilettenschrank über dem Becken, als er plötzlich die blanke Stelle auf der linken Schädelhälfte sah, auf der er gelegen hatte. Die nackte Kopfhaut! Er konnte sich noch erinnern, wie er dastand und hinstarrte, zwinkerte und wieder hinstarrte. Panisch erschreckt, stürzte er in sein Zimmer zurück. Er traute seinen Augen nicht: Da lagen die Haarbüschel auf dem Kissen grotesk verstreut.

Er versuchte mühevoll, Dr. Gage im Krankenhaus anzurufen, konnte ihn aber dort nicht erreichen und wählte seine Privatnummer. Er stand, immer noch wartend mit dem Hörer in der Hand, während sein Herz wild klopfte, als seine Mutter aus der Küche kam, in einer Hand den Schneebesen, in der anderen die Eier. Er sah die Eier auf den Fliesenboden fallen, zerbrechen und zähflüssig auseinanderlaufen.

Von dem Durcheinander auf dem Boden schaute er hoch, auf ihr Gesicht. Sie hatte das mit den Eiern gar nicht bemerkt. Sie starrte auf seinen Kopf, voller Entsetzen und ... war es Ekel? Dann veränderte sich ihr Ausdruck. »Ach, mein Armes, Liebes.« Sie ging auf ihn zu.

Dr. Gage war jetzt endlich am Telefon. »Hallo! Hallo! Wer ist da?«

»Sie Schweinehund«, sagte Mike in die Muschel. »Warum haben Sie mir das nicht vorher gesagt?« Er rammte den Hörer auf die Gabel und lief in sein Zimmer, um vor dem Gesichtsausdruck seiner Mutter zu fliehen.

Er schloß die Tür und legte sich aufs Bett, Kopf in den Kissen. So blieb er lange Zeit liegen. Sein Herz hämmerte so stark, daß die Schläge seinen ganzen Körper zu erschüttern schienen. Was geschah da mit ihm? Löste er sich auf? Eine Krankheit, so abstoßend, daß niemand darüber sprechen wollte? Wie Lepra? Lieber Gott, was immer es ist, mach, daß es aufhört! Er versuchte mit Gewalt, sich zur Ruhe zu zwingen. Er fror von Kopf bis Fuß, es schüttelte ihn.

Nach einer Weile fielen ihm seine Eltern ein. Wußten sie, was passieren würde? Und was hielten sie sonst noch geheim vor ihm? Dann dachte er an Dr. Gage. Ihm hatte er wirklich vertraut. Diese verdammten Erwachsenen. Er steigerte sich in eine Wut hinein, und die Wut verdrängte den Schüttelfrost. Später stand er auf und zwang sich, zum Spiegel zu gehen und sich zu betrachten. Würde ihm tatsächlich das ganze Haar ausfallen? Er nahm die Bürste und bürstete sein Haar so fest, daß ihm die Kopfhaut weh tat. Er schaute auf die Bürste, die jetzt mit lauter Haarknäueln verstopft war, und ließ sie zu Boden fallen.

Dann starrte er sich an, so wie man wohl einen Fremden auf dem Busbahnhof anstarren mochte. Was da noch übrig war an Haar, hing in einzelnen Büscheln herunter, dazwischen viele kahle Stellen. Es sah aus, als sei er von einer üblen Hautkrankheit befallen. Sein Gesicht war infolge der Medikamente etwas aufgeschwemmt und hatte keine Ähnlichkeit mehr mit dem Gesicht, an das er gewöhnt war, mit dem er aufgewachsen war. Nur innerlich, da war er noch der Mike, den er kannte.

Aber die anderen wußten das nicht. Sie urteilten nur nach dem, was sie sahen. So durfte ihn niemand sehen... am wenigsten Gloria. Lieber wäre er einen langsamen, schmerzhaften Tod gestorben, als zuzulassen, daß sie ihn so sah.

Ziellos ging er im Zimmer umher, immer noch etwas zittrig. Dann hatte er einen Entschluß gefaßt. Er holte seine Nagelschere und schnitt sich sorgfältig alle verbliebenen Büschel ab. Er hatte keine ruhige Hand, es dauerte ewig. Als er fertig war, war sein Schädel teils weiß und kahl, teils noch von unregelmäßig geschnittenen Stoppeln bedeckt. Es sah ziemlich schlimm aus. Schlimmer konnte es gar nicht sein. Er nahm den neuen Rasierer, den ihm seine Mutter zum Geburtstag geschenkt hatte, und fuhr damit vorsichtig über den ganzen Kopf, hin und her. Am Hinterkopf war es am schwierigsten, und sein Schädel hatte weit mehr bucklige Unebenheiten, als er gedacht hätte. Aber er brachte sein Werk zu Ende.

Als er den Rasierer abschaltete, nahm er das beharrliche Klopfen wahr. »Mike! Mike, bitte sprich doch mit mir. Was machst du da drinnen?«

»Nichts, Mutter.« Er reinigte den Rasierer sorgfältig und legte ihn ins Etui zurück. Die Haarbüschel auf dem Boden sammelte er auf und warf sie in den Papierkorb und dann auch die, die noch auf seinem Kissen lagen.

»Mike!«

Das war Dad. Was hatte der denn um diese Zeit zu Hause verloren? Er sah auf die Uhr. Mittag. Es war noch früh gewesen, als er aufgewacht war und in den Spiegel geblickt hatte. Was war denn mit dem ganzen Vormittag passiert?

»Was möchtest du?« Seine Stimme war ganz ruhig. Auch seine Hände waren ganz ruhig gewesen, als er sich den Kopf rasiert hatte.

»Ich will dir das erklären, das mit deinem Haar. Reg dich nicht auf. Es ist nur eine Nebenwirkung der Medikamente. Dr. Gage hat's uns erzählt.«

»Aber mir habt ihr nichts gesagt. Was denkt ihr euch denn? Habt ihr nicht daran gedacht, daß man vielleicht zu Tode erschrickt, wenn man aufwacht und die Haare büschelweise auf dem Kopfkissen findet, verdammt nochmal?«

»Es ist meine Schuld.« Das war seine Mutter. Ihre Stimme war ganz erstickt, als hätte sie die ganze Zeit geweint. Das hätte ihn eigentlich rühren müssen, aber alles, was er empfand, war nur noch wilde Wut. »Es tut mir leid, Mikey«, fuhr sie fort und nannte ihn bei dem Babynamen, den sie seit vielen Jahren nicht mehr benutzt hatte. »Dr. Gage hat's dir sagen wollen, aber wir ließen es nicht zu. Ich dachte, vielleicht passiert es gar nicht, und warum solltest du dir dann unnötige Sorgen machen.«

Mike sah den Fremden im Spiegel an, das aufgeschwemmte Gesicht, der Kopf so kahl wie eine Billardkugel, und fing an zu lachen. »Ich sollte mir keine Sorgen machen! Ach Mutter, das ist stark. Das ist wirklich stark.«

»Ich hab' gedacht, es wird vielleicht nur ein bißchen dünner. Ich hab' gedacht, wir könnten dir was sagen, wenn es anfinge. Ich wußte nicht, daß das auf einmal einsetzt, so wie ... wie ...«

»So wie das hier?« Er drehte den Schlüssel im Schloß um und riß die Tür auf.

Die Hände seiner Mutter zuckten zum Mund hoch. »Du hast es abrasiert! Dein schönes blondes Haar, oh Mike!«

»Besser gar kein Haar als Büschel und kahle Stellen.

Nur Mut, Mutter. Vielleicht wächst es dir so ans Herz. Das ist gut: Vielleicht wächst es dir... ans Herz.«

Sein Vater überwand sich und lenkte mit einem Scherzwort ein. »Jetzt brauchst du wenigstens nicht mehr soviel Geld für eine modische Frisur auszugeben, und was du morgens für Zeit sparst, statt mit Haartrocknern und all dem Zeug rumrennen zu müssen.«

»Siehst du, Dad, du hast's erfaßt. Denk doch mal, was ich jetzt alles spare. Und vielleicht macht es sogar die Mädchen ganz wild. Wenn's bei Kojak wirkt...« Seine Lippen zitterten, es fiel ihm schwer, das Grinsen beizubehalten. Er dachte an Gloria, sah ihr Gesicht vor sich, das sich wie in einer Überblendung vor das Gesicht seiner Mutter schob. Der Gesichtsausdruck seiner Mutter fiel ihm ein, als sie ihn zum ersten Mal so gesehen hatte. Es wurde ihm plötzlich übel.

»Ich kann nicht in die Schule gehen.«

»Wie meinst du das, Liebling? Fühlst du dich krank?«

»Ich will nicht zur Schule. Nicht so. Nein, nein. Auf keinen Fall.«

»Na komm, Mike. Ich bin überzeugt, deine Freunde sind viel zu gut erzogen, um darüber zu reden.«

»Das ist es ja, es wird noch viel schlimmer sein. Alle werden sie hinglotzen. Oder sich anstrengen, nicht hinzuglotzen. Und Gloria... und die Mädchen alle... Nein. Das kann ich nicht. Das ist ausgeschlossen.«

»George, ach ich weiß, wie ihm zumute ist. Vielleicht sollte er wirklich zu Hause bleiben. Jedenfalls, bis es wieder wächst. Es wird doch wieder wachsen?«

»Sowie diese Art von Behandlung abgeschlossen ist. So hat's Dr. Gage erklärt. Aber er hat auch gesagt, Mike sollte so weit wie möglich ein normales Leben führen. Und da gehört die Schule dazu.«

»Normales Leben?« Mike fing an zu lachen. »So wie ich aussehe – nennst du das vielleicht normal? Ich gehe nicht, und damit hat sich's. Entweder ich bleib' zu Hause, oder ich breche die Behandlung ab. Entweder oder.«

Ein paar Wochen lang versteckte er sich zu Hause, ausgenommen die Male, da er ins Krankenhaus gehen mußte, und wollte auch niemanden sehen, nicht einmal Doug. Stundenlang spielte er Karten mit seiner Mutter und sah sich alle die primitiven Tagessendungen im Fernsehen an. Nach zwei Wochen war es ihm so langweilig, daß ihm die ganze Welt zuwider war.

Dann kam Doug eines Samstags herüber, und Mikes Mutter ließ ihn herein – und Mike saß im Wohnzimmer und konnte nicht mehr fliehen. Doug sah ihn an und brüllte vor Lachen. Er lachte so ungehemmt, daß er sich an einem Stuhl festhalten mußte.

Mike merkte auf einmal, daß er auch lächelte. »Scheißkerl, Mensch hör endlich auf!«

»So schön weiß, Mensch, kommt sicher davon, weil du dich den ganzen Tag unterm Kissen versteckst«, stieß Doug, immer noch lachend, hervor.

»Was heißt denn das?«

»Na, da bist du doch die ganze Zeit gewesen, oder?«

»Sie starrten sich gegenseitig an, Mike plötzlich ärgerlich, Doug völlig gelassen.

»So ist es nicht«, stammelte Mike.

»Wie ist es nicht?«

»Daß ich mich versteckt hätte...«

»Hab' ich mich wohl getäuscht?«

»Es ist nur – Doug, was werden die alle sagen?«

»Ich weiß nicht. Es ist einfach saukomisch. Wenn du's zum erstenmal siehst. Ach, was soll's. Schließlich nur Haar. Oder Nicht-Haar in dem Fall. Wahrscheinlich werden sie einmal laut lachen, und dann ist das erledigt.«

»Ich weiß nicht, ob ich damit fertigwerde.«

»Ach klar. Kauf dir eine Mütze. So eine flotte Skimütze ohne Rand.«

»Meinst du wirklich?«

»Natürlich. Nach einer Woche guckt kein Mensch mehr hin.«

»Und die Mädchen...?« Seine Stimme brach.

»Du denkst an Gloria? Hör mal, am besten, ich sag's dir gleich. Seit du zu Hause geblieben bist, geht sie mit einem Kerl aus der zwölften Klasse.«

»So ist das?«

»So ist das!«

Mike starrte auf das Tapetenmuster, als wollte er es sich für ewig einprägen. Dann erhob er sich. »Komm, wir gehen ins Kaufhaus drüben und holen so eine Mütze. Aber schick muß sie sein.«

Doug behielt recht. Zuerst staunten sie. Manchmal kam ein kleiner Junge und fragte: »Warum trägst du so eine doofe Mütze in der Schule?« Dann gab er zur Antwort: »Damit der Kopf nicht friert, Blödmann.« Und gleichzeitig zog er die Mütze ab. Das gab jedesmal ein Gelächter, und es machte ihm nichts aus, denn er hatte es selber ausgelöst.

Es lief ganz gut. Nur Gloria machte eine Ausnahme. Am ersten Tag, als sie ihn sah, lächelte sie ein kleines starres Lächeln, so vorsichtig, als könnte ihr das Gesicht zerspringen. »Hallo, Mike!«

»Hallo Gloria, geht's gut?«

»Sehr gut, danke.« Schon über die Schulter gesprochen, während sie weiterging, als hätte sie Angst, sich anzustekken, Gott weiß, mit was.

Manchmal, wenn er nachts nicht einschlafen konnte, lag er wach und malte sich Liebesszenen mit ihr aus, und sie liebte ihn, die Glatze störte nicht, sie fand sie sogar sexy. Und er träumte sich die unmöglichsten Sachen zusammen, was er alles anstellen würde, damit sie ihn noch mehr bewunderte. Kinderträume waren das. Die Wahrheit zeigte sich in seinen Alpträumen, wenn er im Geist zum tausendsten Mal die schrecklichen Dinge hörte, die sie über ihn gesagt hatte – Dinge, die sein Tagesbewußtsein nicht behalten durfte.

Danach untersagte er sich weitere Tagträumereien über sie. Nur die Alpträume, die kamen immer wieder von selbst zurück.

4

Etwas weckte ihn auf. Mit einem Schlag, ganz nah und laut. Er lag da und lauschte, sein Herz hämmerte, und einen Augenblick lang wußte er nicht, wo er war. In seinem Zimmer zu Hause? Im Krankenhaus? Er konnte nichts sehen, aber als er sich bewegte, hörte er die Luftmatratze unter sich quietschen. Ein scharfer, kalter Luftzug fuhr in den Schlafsack hinein. Er erinnerte sich wieder.

Im Zelt war das Dunkel ganz dicht, fast greifbar, wie schwarzer Schlamm, der von allen Seiten auf ihn einzudringen schien. Er hatte die verrückte Vorstellung, selbst das Atmen wäre gefährlich, er könnte ersticken, würde er diese Schwärze in sich einsaugen. Steif lag er im Schlafsack und starrte in das Dunkel, so wie man vielleicht einen Feind anstarrt und auf dessen erste Bewegung wartet. Nach einer ganzen Weile schien er endlich Sieger zu bleiben. Die Finsternis wich widerwillig zurück, nicht sehr weit, aber doch so weit, daß er undeutlich das kleine Dreieck wahrnehmen konnte. Die Zelttür. Den Wald. Den Nachthimmel.

Geschwind, bevor ihn der Feind noch fangen konnte, wand er sich aus dem Schlafsack heraus und kroch auf Händen und Knien eilends auf die Tür zu. Draußen war sein Freund, das Feuer. War es schon ausgegangen? Als er nahe genug war, sah er die schwach rötlich glimmende Glut, die sich mitten in ein verkohltes Holzstück hineingefressen hatte.

Er kniete auf dem gefrorenen Gras und blies heftig. Blies eine Wolke feiner Asche und stiebender Funken hinweg. Das Holz glühte rosig auf und verzehrte sich mit jedem Blasen etwas mehr. Es war, als blies er dem Holz neues Leben ein. Ein und aus. Ein und aus. Er suchte sich Zweige, trockenes Moos und Gräser zusammen, und all das packte er sorgfältig um die Glutstelle herum und blies erneut. Eine gelbe Flamme leckte hervor, legte sich rings um das Holzstück und flackerte durch die Gräser. Er häufte frisch geschnittenes Holz obenauf, aber nicht zuviel, damit die kleine Flamme nicht erstickte.

Die Flammen züngelten hoch, und das Dunkel zog sich unwillig zurück, fast bis zu dem Halbkreis der Bäume. Er hatte den Wassertopf neben dem Feuer liegenlassen, als er zu Bett ging; jetzt setzte er ihn direkt in die Flamme und schüttete Kaffeepulver und Zucker in seinen Becher.

Es dauerte eine Weile, bis es kochte, und inzwischen schlüpfte er in seine Daunenjacke. Er stand auf, streckte sich und blickte zum Himmel auf. Die Sternbilder hatten sich während seines Schlafs verschoben, aber die erschrekkende Leere jenseits der Sterne und zwischen ihnen war noch die gleiche wie vorher. Lieber Gott, wie endlos leer der Weltraum war. In alle Ewigkeit. War das das Abbild der Ewigkeit? War es das, was ihn da oben erwartete?

Das Wasser kochte, und er goß es in den Becher. Seine Hände zitterten ein wenig, wahrscheinlich vor Kälte, sagte er sich. Er kauerte sich in den Zelteingang, den Kaffeebecher fest in beiden Händen; der Schein des wärmenden Feuers spiegelte sich auf seiner Stirn.

Ein langhallendes Geheul drang durch den schwarzen Wald. Ein anderes antwortete darauf. Und auch noch ein drittes. Die Stille dazwischen war wie das Dunkel hinter dem Feuer, nur noch bedrohlicher, unheimlicher. Er eilte zurück, in die Wärme seines Schlafsacks, legte sich auf den Bauch, den Kaffeebecher umklammernd, während das Heulen aus der Kälte von allen Seiten klagend auf ihn eindrang.

»Das Geheul der Koyoten trägt unglaublich weit«, hörte er Dougs Vater wieder sagen, als stünde der neben ihm im Zelt. »Du könntest schwören, sie lauern rings um das Lager herum, aber in Wirklichkeit sind sie noch mehrere Täler weit weg. Sie sind sehr scheu. Du hörst sie vielleicht, aber nur ganz selten bekommst du sie flüchtig zu sehen.«

Mike trank seinen Kaffee schlückchenweise. Er war

heiß und süß und schmeckte nach Rauch. Scharf wie der Knall eines Schusses ächzte ein Baum unter dem Zugriff des Frostes, und nun wußte er, was ihn aufgeweckt hatte.

Als er den Kaffee bis zum letzten süßen Tropfen ausgetrunken hatte, kuschelte er sich tief in seinen Schlafsack, bis nur noch Nase, Augen und Stirn freilagen. Das Zelt war nun wie eine anheimelnde Höhle mit flackerndem rotgoldenem Licht. Durch das Dreieck der Tür sah man im Feuerschein die einzelnen Äste, dahinter den großen, glatten Stein und den Kochtopf, wie in einem richtigen Haushalt, griffbereit daneben.

Jenseits dessen war das blanke Nichts, das sich nun mit Geräuschen füllte. Waren sie vorher schon dagewesen? Oder war sein Gehör nun empfindlicher geworden, weil die üblichen Geräusche aus Radio und Fernsehen, an die er bisher gewöhnt war, ihn hier nicht mehr ablenkten?

Er hörte verschiedene kleine Raschelgeräusche. Ein Getrippel unter trockenem Laub. Einen kaum hörbaren dumpfen Bums. Aber diese Laute hatten nichts Beängstigendes. Er mußte plötzlich an das Spiel »Hans-guck-um« denken, an die prickelnde Spannung, wenn alle auf Zehenspitzen durchs Zimmer schlichen, gewärtig, sofort zur Statue zu erstarren im Augenblick, da der Spielführer herumschnellte. Was passiert wohl, wenn er jetzt ganz leise aus dem Zelt kriecht? Würden alle die winzigen Krachmacher zu kleinen Statuen erstarren? Er lachte still in sich hinein und glitt, noch grinsend, in den Schlaf.

In dieser Nacht kamen keine Träume mehr, und er wachte auf, als die Sonne ihm aufs Gesicht schien, mit einem guten, zufriedenen Gefühl, für das es keinen erkennbaren Grund gab. Er lag warm eingepackt und schaute noch schläfrig auf die langen Schatten der gefrorenen Gräser, die vor der Zelttür aufragten, da, wo er den Schnee beiseite gewischt hatte.

Hinter diesem verzauberten kleinen Lattenzaun der starren Gräser war das niedergebrannte Feuer, waren die angebrannten, halbverkohlten Holzstücke mit feiner, weißer Asche überstäubt. Genüßlich streckte er die Füße gegen den Boden des Schlafsacks und bewegte die Zehen. Mein Gott, wie schön zu leben!

Ja, das war es. Damit war er aufgewacht, mit diesem Gefühl, das so ungewohnt und überraschend war wie ein unerwartetes Geschenk.

Langsam zog er sich an, genoß die sich frisch und steif anfühlenden Jeans, die Wärme des weichen Wollhemdes, die sauberen, trockenen Socken. Er rutschte den Uferhang hinunter, um sich das Gesicht und die Hände in dem noch nicht gefrorenen Wasser abzuwaschen. Die Kälte benahm ihm zunächst den Atem, aber dann prickelte es angenehm in der Haut. Als er sich abgetrocknet hatte, fühlte er sich noch viel wohler.

Während er sich die Haare kämmte, schaute er sich um. Kein Grund, sich abzuhetzen. Keine Verabredung, ausgenommen die mit seinem Hirschen, und der würde sich schon zur rechten Zeit einstellen. Das war der Anfang eines herrlichen Tages. Der Himmel war von einem klaren Grün, das direkt über ihm in Blau überging. Die Sonne hatte die Andeutung eines Hofs – keine Nebensonne, nur ein warnender Hinweis auf die Kälte, aber nicht auf besonders bedrohliche Kälte.

Er schlenderte zu seinem Lager zurück, das ihm allmählich so vertraut wurde wie ein eigenes Zuhause. Er unterschied schon bestimmte Felsen, nahm den kaum erkennbaren Pfad vom Ufer hinauf wahr und ein gieriges Rosengestrüpp, das sich in die Jeans verbiß, wenn man nicht auf seine Schritte achtete.

Er machte das Feuer wieder an und suchte den Kaffeebecher. Im Zelt natürlich. Das Getrippel fiel ihm wieder ein, die kleinen Knistergeräusche in der Nacht. Er schaute sich um. Richtig, überall kleine Abdrücke im Schnee. Vielleicht Eichhörnchen, dachte er, oder irgendwelche Mäuse oder Ziesel, die ihren Winterschlaf noch vor sich hatten.

Er machte sich Kaffee. In das im Topf verbliebene

Wasser schüttete er Hafergrütze. Den Topf stellte er auf den Rand des Feuers und legte Speckschnitten in die gußeiserne Pfanne. Als er dann den heißen Hafergrützbrei löffelte und die Speckscheiben wendete, versuchte er, sich einen Plan für diesen Tag zurechtzulegen.

Sowohl Schwarzwedel- wie Weißwedelhirsche waren hauptsächlich zur Zeit der Abend- oder Morgendämmerung unterwegs, um sich an zarten Espen-, Weiden-, Hartriegel- oder Mispelsprößlingen gütlich zu tun, aber auch an Gräsern, sofern unter dem Schnee etwas zu finden war. Den Rest des Tages – besonders natürlich zur Jagdzeit, denn Hirsche sind ja nicht dumm – betteten sie sich irgendwo ins Dickicht, aus dem sie nur ein vom Glück hochbegünstigter Jäger aufscheuchen könnte.

Aber er, Mike, war ja nur ein Anfänger. Er hatte sich vorgenommen, daß nichts ihn dazu verführen sollte, einfach loszuknallen auf etwas, was sich bewegt, und in Kauf zu nehmen, dieses Etwas anzuschießen, statt es sauber zu erlegen. Er wollte geduldig vorgehen und abwarten, bis seine Beute gut sichtbar in einer Stellung verharrte, und keiner anderen Verlockung nachgeben.

Der beste Anstand im ganzen Gebiet war auf dem steilen Hügel auf der anderen Seite des Flusses, ausgehend von der Tränke an der Sandbank. Dort oben konnte man außer Sicht abwarten und in aller Ruhe unter denen, die zur Tränke kamen, seine Wahl treffen. Wenn nur der Fluß zugefroren wäre, es wäre ideal gewesen. Aber das war nicht der Fall.

Er mußte diese Idee leider aufgeben. Wenn er auf dem Wege zu einem Anstand auf dem steilen nördlichen Hang den Fluß zu durchwaten hätte, würde er sich zu Tode frieren. Nein, er mußte sich hier an den Wildwechseln und Hirschfährten orientieren. Einige dieser Wechsel, die er gestern gesehen hatte, führten hangaufwärts zur Schneise, die den Höhenzug im Südwesten überquerte. Da oben würden die Hirsche sicher gute Äsung finden, junge Mispelsträucher, Espen und Hartriegel, strotzendes

Wachstum, unbehelligt von den lichtraubenden Fichten und Kiefern der dichten Wälder. Am aussichtsreichsten wäre es sicher, sich vom Lager aus hügelaufwärts genau westlich in Richtung Schneise hochzuarbeiten, bis er auf den Hirschwechsel stieß, der von der Tränke an der Sandbank hochführte.

Wenn er eine vielversprechende Fährte fände, würde er ihr entlang pirschen bis zur Bodenrinne, und wenn er bis dahin nichts zu Gesicht bekommen hätte, würde er entlang einer anderen gegenläufigen Fährte den ganzen Weg zurückgehen. Er beendete sein langes, gemächliches Frühstück. Am Rand der Lichtung hüpfte ein sogenannter Unglückshäher aufgeregt von Ast zu Ast. Er warf ihm ein Stück Brotkruste zu, und der Häher kam im Sturzflug herab und schnappte es sich, wobei er, das Gefieder im Windstoß aufgeplustert, Mike mit seinen schwarzen Augen scharf ansah. Ein ärgerlicher Schrei ertönte, und ein zweiter Häher kam an. Dann ein dritter. Er warf ihnen noch ein paar Brotstücke zu. Sie waren gierig und frech wie Möwen. Als sie sahen, daß es nichts mehr gab, zogen sie sich auf die Bäume am Rand der Lichtung zurück. Sie warteten nur darauf, bei ihm zu räubern.

Er streckte sich und schaute auf die Uhr. 10 Uhr 28. Er hatte sich richtig verschlafen. Um 16 Uhr 59 würde die Sonne untergehen. Das bedeutete, großes Wild zu jagen, war gesetzlich nur noch bis 17 Uhr 29 erlaubt. Es wäre auch unsinnig, nach Sonnenuntergang zu weit vom Lager entfernt zu sein. In diesen Bergen wurde es sehr schnell dunkel, und er durfte nicht riskieren, sich zu verirren.

Jetzt stand die Sonne hoch über den Bäumen und strahlte ihm fast schon zu warm auf Kopf und Schultern. Die Hirsche würden sich nun ein schattiges Plätzchen suchen, um in Ruhe wiederkäuen zu können. Bis drei Uhr gab es jetzt kaum eine Chance, irgendwelches Wild zu sehen, sofern man nicht direkt darauf trat. Er beschloß, den ganzen Vormittag sein Zeug in Ordnung zu bringen. Dann, nach einem leichten Mittagsimbiß, würde er hügelaufwärts in Richtung Hirschwechsel klettern.

Er holte seine Büchse aus dem Zelt und reinigte sie liebevoll. Er hatte sie nur im Schießstand benutzt, und da hatte er vorzüglich geschossen, er hatte ein Auge dafür. Und das Gewehr war hinreißend schön. Ganz neu, es mußte an die achthundert Dollar gekostet haben, ein bedrückender Gedanke. Er wäre schon mit einem gebrauchten Gewehr zum Viertel des Preises überglücklich gewesen. Aber so war eben sein Vater. Nur das Allerbeste für seinen Sohn. Manchmal war es Mike direkt unangenehm.

Jetzt, allein hier im Busch, erkannte er viele Dinge besser. Er verstand, warum sein Vater viel zuviel Geld ausgab, so wie für dieses Gewehr. Es war für ihn die einzige Möglichkeit zu zeigen, was er empfand. Warum fiel ihm das so schwer – seine Gefühle zu zeigen?

Er hatte die Büchse auf den Knien und das Putztuch in der Hand. Seine Gedanken wanderten nach Hause. Etwas schuldig fühlte er sich doch, wenn er daran dachte, wie sie sich Sorgen machten. Jetzt war er schon vierundzwanzig Stunden von zu Hause weg. Würden sie sich aufregen, die Polizei anrufen? Oder würden sie seine Nachricht auf dem Zettel unter dem Kopfkissen verstehen, nämlich daß er dringend allein sein mußte? Um sich über alles klarzuwerden. Um seine Trophäe zu erringen – obwohl er davon nichts geschrieben hatte.

Wenn ich heimkehre, wird alles anders, gelobte er sich. Wenn ich heimkehre mit meiner Trophäe – einem Hirschkopf, lieber Gott, bitte, laß mich meinen Hirsch erlegen –, dann müssen sie anerkennen, daß ich kein Kind mehr bin, daß sie nichts mehr vor mir zu verbergen brauchen.

Das ganze Jahr über hatten sie ihn angelogen. Warum nur? Nun ja, es war ihre Art, ihn zu beschützen, das sah er ein. Aber wieso fiel es ihnen so leicht, wieso waren sie ohne weiteres bereit dazu? Als wäre es ihre zweite Natur.

Früher, soweit er sich erinnern konnte, hatten sie ihn doch nie belogen...

Und wie ein Blitz durchfuhr ihn die Erinnerung... erste Schulklasse, und er kam nach Hause gerannt eines Samstagnachmittags, ja, es muß ein Samstag gewesen sein, so tränenerstickt, daß er kaum sprechen konnte.

»Joey sagt, es gibt gar keinen Weihnachtsmann, daß ich noch ein Baby bin, wenn ich das glaube. Dad, der lügt doch, oder? Oder?« Er erinnerte sich, daß er seines Vaters Bein umklammert und antwortheischend geschüttelt hatte.

Und sein Vater hatte ihm versichert, daß es den Weihnachtsmann tatsächlich gebe und daß Joey im Irrtum sei und daß man Wörter wie »lügen« und »Lügner« nicht gebrauchen dürfe. Die Mutter hatte ihn dabei unterstützt. Sie hatte Mikes verweintes Gesicht abgewaschen, und dann waren sie alle ins Kino gegangen... Tarzan und... irgendso ein Tarzanfilm. Und dann fiel ihm noch ein, wie sie hinterher alle im Wohnzimmer vor dem Kamin Backhähnchen gegessen hatten, direkt aus der Packung heraus.

Zu Bett gebracht danach, von liebevoller Sorge umgeben... Aber er hatte auch behalten, wie betrogen er sich im folgenden Dezember vorgekommen war, als er im Hause neugierig herumgestöbert hatte und auf die schön verpackten Geschenke im Schrank der Eltern gestoßen war, aber eben auch, schlimmer noch, auf das Weihnachtsmann-Kostüm, das da schlaff wie eine Leiche noch in der Plastikhülle der Reinigung hing. Nein, nicht Joey war der Lügner, seine Eltern hatten gelogen.

Merkwürdig, wie Erinnerungen wieder ins Bewußtsein einfließen, wenn einen die Stille der Wildnis umgibt. Einmal ging es um das Geheimnis der Entstehung des Lebens. Seine Mutter hatte ihm dazu eine Geschichte erzählt, und er war sich etwas blöd vorgekommen, als zwei Jungen aus der zweiten Klasse – oder war es die dritte? – ganz andere Erklärungen anboten. Er war dann nach Hause gegangen und hatte den Eltern seine neue, etwas entstellte Fassung über den wahren Ablauf wiedergegeben, die sie kategorisch ablehnten. Das hatte ihn sehr erleichtert, denn ihre Darstellung war soviel säuberlicher als das andere.

Im Rückblick war alles ziemlich komisch. Nur, warum hatten sie es getan? Ach was, nur ein paar dumme kleine Zwischenfälle in einer gesicherten und glücklichen Kindheit, was gehen sie ihn jetzt noch an? Vielleicht waren sie völlig unwichtig. Aber in der Rückerinnerung schienen sie wie Schilder, die den Weg wiesen in die dunkle Verworrenheit dieses letzten Jahres.

Sie liebten ihn. Sie wollten ihn beschützen, aber nun durfte er das nicht mehr zulassen. Wenn er zurückkäme, müßte er genügend Kraft finden, seine eigene Angst zu überwinden, um dann die Angst seiner Eltern um ihn gegenstandslos zu machen. Würde ihm das gelingen? Konnten sie zusammen ein neues Leben anfangen, das geprägt war von Zuneigung und Vertrauen? Mit allen Kräften würde er es versuchen, aber leicht würde es sicher nicht sein.

Mike seufzte. Er nahm den Ladestreifen heraus und lud seine Büchse. Er steckte sich noch ein halbes Dutzend Reservepatronen in die Brusttasche und überprüfte das Überlebens-Set. Das war eine schmale Blechschachtel, die genau in die untere große Tasche der Holzfällerjacke paßte. Sie enthielt ein halbes Dutzend imprägnierter Streichhölzer, ein Feuerstein-Feuerzeug, Schlingendraht, Angelschnur und Köder. Ferner Schmerztabletten und Antibiotika, eine Rasierklinge, Antiseptikum, sterilen Mull, Klebeband, Heftpflaster, Teebeutel, Suppenwürfel und kleine Würfelzuckerpäckchen.

Mit diesem Inhalt konnte man theoretisch im Busch überleben. Das Kästchen war wie ein Rettungsring. Aber gerade diese »Rettung aus Todesnot«, die es fälschlicherweise zu versprechen schien, kam Mike etwas lächerlich vor. Er zögerte, steckte es dann aber doch in die linke Tasche. Es wog schließlich nicht viel.

Er überprüfte auch seine Bekleidung. Bei der Kletterei am frühen Nachmittag würde ihm warm werden, aber sowie die Sonne hinter die Hügel im Westen glitt, würde die Temperatur schlagartig sinken, und darauf müßte er vorbereitet sein. Er hatte schon ein Thermo-Unterhemd an und auch lange Unterhosen, die in den Socken steckten. Jeans, ein leichtes Wollhemd und die Holzfällerjacke mit den vielen praktischen Taschen würden zusammen für die meiste Zeit warm genug sein. Die Daunenjacke noch mitzunehmen, war zwar äußerst lästig, aber es war trotzdem nötig. Dann war da noch die Signalweste und die Kappe. Das war eine Vorsichtsmaßnahme, die noch wichtiger war als das Überlebens-Set. Aber außerdem war es Vorschrift.

Seit er auf die Schneise eingebogen war, hatte er von einem anderen Jäger weder etwas gesehen noch gehört. Das hieß natürlich nicht, daß da niemand zugange war; einen wirklich guten Jäger, den sah und hörte man eben nicht auf seinen Pirschgängen. Die Hirsche nahmen zwar die Farbe nicht wahr, aber für einen anderen Jäger war die gelbe Leuchtfarbe der Weste und Kappe wie ein Stop-Schild. Sich dieses Zeug noch zusätzlich überzuziehen, war lästig und beengend, aber immer noch besser, als mit einer Kugel im Kopf im Gebüsch zu liegen.

Er hatte die Weste halb angezogen und zögerte. Vielleicht wäre das eine Lösung? Es ginge jedenfalls schnell. Die Vorstellung, unter den Bäumen auf einem weichen Polster von Kiefernnadeln zu liegen und sich langsam aufzulösen und in dem stillen Wald aufzugehen, hatte einen etwas irren Reiz.

»Du bist ja verrückt, Mike Rankin«, sagte er laut, von den eigenen Gedanken erschreckt. »Ekelhaft!« Er zog die Weste an und knöpfte sie zu. Dann überprüfte er alles noch einmal, wie um sich selbst zu versichern – oder Gott, sofern es Gott überhaupt interessierte –, daß das nicht ernst gemeint gewesen sei, daß er so etwas Dummes nie tun werde. Kompaßschnur um den Hals, der Kompaß in der oberen Tasche. Patronen in der anderen Obertasche. Überlebens-Set über der linken Hüfte. Messer am Gürtel. Die Jagdlizenz steckte sicher verwahrt in der Hemdtasche, ebenso die Jagdmarke. Hatte er noch etwas vergessen?

Er hatte keinen Hunger, und es drängte ihn aufzubrechen. Er hielt sich nicht mehr mit Mittagessen auf, steckte sich nur ein paar Gesundheits-Riegel aus Vollkorn in die rechte Tasche, trat das Feuer aus, nahm die Büchse und die Daunenjacke und machte sich auf den Weg. Die Häher beobachteten ihn von ihren Bäumen aus, starr wie Geier. Er sah noch im Weggehen, wie sie zu Boden segelten. Sie würden sicher enttäuscht sein, er hatte keine Reste zurückgelassen und nichts, aus dem sie etwas herauspicken konnten.

Fast genau westlich kletterte er hügelaufwärts. Der Hang war nicht übermäßig steil, aber es ging durch dichtes Gestrüpp. Durch den Windbruch, der zwischen Fichten, Kiefern und Unterwuchs hing und lag, bewegte er sich so vorsichtig, wie es ging, aber natürlich machte er Lärm dabei und fürchtete, daß jeder Hirsch auf dieser Seite der Swan-Berge sich schon davonmachte, bevor er überhaupt in der Nähe war. Es dauerte lange Zeit, bis er endlich auf einen Hirschwechsel stieß.

In der dünnen Schneedecke waren klare Hufabdrücke. Weißwedel oder Schwarzwedel? Er war nicht sicher. Die Fährten wanden sich in Schlangenlinie vorwärts, um einen Windbruch herum, einem Dickicht entlang, wo lange, trockene Gräser durch die Schneedecke stießen. Die Fährten führten alle aufwärts, und Mike folgte ihnen langsam, so lautlos, wie er konnte.

Als er anhielt, war es ganz still, nur totes Espenlaub raschelte schwach über ihm, obwohl sich hier zwischen den Bäumen kein Lüftchen regte. In welche Richtung würde der Wind seinen Geruch treiben? Käme der Wind von hinten, wären alle ruhenden Hirsche vor ihm gewarnt. Sie würden geräuschlos verschwinden, und wie vorsichtig er sich auch anpirschte, sie wären lange vor seiner Ankunft geflüchtet.

Er starrte zum Himmel empor, bis er schwindlig wurde. Es war einfach nicht genug Wind da, um die Richtung zu bestimmen. Die paar goldbraunen Blättchen an den grauen Zweigen bewegten sich raschelnd wie kleine Windfahnen bei nahezu Windstille und zitterten nur kurz hin und her. Kann man vergessen.

Er ging behutsam weiter und blieb stehen, um sich umzuschauen. Er erinnerte sich an die Ratschläge von Dougs Vater. »Du mußt dich wie ein Hirsch bewegen. Gehst wie auf einem Schlängelpfad ein Stückchen vorwärts. Und wieder halt. Bleib ganz still stehen und schau nach vorn, nach links und rechts. Und dann schaust du nochmal, diesmal genauer. Paß scharf auf, ob da irgendwas nicht stimmt, ob da irgendwas auffällig ist.«

»Wie ein Geweih, das hochkommt«, hatte Mike eifrig gesagt, und Mr. O'Reilly hatte lachen müssen.

»Da hättest du ja ein irres Glück. Nein, aber vielleicht siehst du irgendwo eine hellere, graue Stelle, wo die Baumstämme alle schwarz sind und wo auch kein Lichteinfall ist, von dem die hellere Stelle herkommen kann. Aber vielleicht hast du wirklich Glück und erblickst ein zuckendes Ohr. Also siehst du etwas schärfer hin. Nimm das Zielfernrohr zu Hilfe. Ganz langsam. Und warte. Du weißt immer noch nicht, was du da entdeckt hast, einen Hirsch oder ein Reh? Okay. Angenommen, du hast sein Geweih gesehen, bist sicher, es ist ein Hirsch. Weißwedel oder Schwarzwedel? Baller bloß nicht los auf etwas, wofür du keine Lizenz hast.«

Eine graue Stelle, wo kein Grau sein darf. Ein zuckendes Ohr. Die waagrechte Linie eines Rückens oder Bauches in dieser von wechselnden Schatten erfüllten Welt der Senkrechten ...

Mike blieb stehen. Starrte. Spähte. Ging langsam weiter. Der Boden war günstig. Es lag ein ganz dünner Schneeteppich, der aber schon die Espenblätter bedeckte, so daß sie unter seinen Schritten nicht knisterten. Die Kiefernnadeln fügten sich zu einer weichen Decke zusammen, die jeden Laut erstickte. Langsam setzte er einen Fuß vor den anderen, vorsichtig von der Ferse bis zu den Zehen abrollend, bevor er das Gewicht verlagerte. Mit allen Sinnen konzentrierte er sich darauf, kein Geräusch zu machen. Das Herz hämmerte ihm im Brustkasten. Er bemühte sich, gleichmäßig und ohne Anstrengung zu atmen. Zwar bewegte er sich langsam, aber der Schweiß stand ihm auf der Stirn. Ein schwacher Anhauch eisiger Luft traf sein nasses Gesicht. Gut. Die Brise war auf seiner Seite, sie trug seinen Geruch bergabwärts, hinter ihn. Seine Schulter streifte die Spitzen eines ausladenden Fichtenastes, und das Gewisper der Nadeln auf dem Nylonstoff der Weste schien ihm so laut, daß er zusammenfuhr und mit den Fingern die Büchse umklammerte. Ruhig! Ist wieder Zeit, sich umzuschauen. Hier waren überall Hirschfährten, kreuz und quer, aber alle mehr oder weniger hinauf und hinab, vom Fluß, der hinter ihm lag, und der Bodenrinne oben hin und her verlaufend. Welche Fährte wäre wohl die richtige? Vielleicht verfolgte er eine unergiebige Spur? Hinter jedem Gestrüpp, hinter jedem Baum konnte ein Hirsch versteckt sein, der ihn auslachte.

Er wurde etwas nervös. Er schaute nicht mehr nur geradeaus, wenn er anhielt, sondern auch über die Schulter zurück. Tief unten – er war weiter gekommen, als ihm klar gewesen war, und auch höher, wegen seines langsamen Ganges hatte er den Grad der Steigung nicht bemerkt –, tief unten war das Tal voller Schatten. Vor ihm war es sehr viel heller. Das war keine Einbildung. Der dichte Fichten- und Kiefernbestand lockerte sich auf, hier gab es jetzt mehr junge Espen mit schlanken hellen Stämmen. Die Bodenrinne mußte ziemlich in der Nähe sein. Da wäre natürlich der beste Platz, um zu äsen. Die Hirsche konnten im dichten Wald gelegentlich Gräserbüschel oder zarte junge Triebe abweiden, aber um wirklich satt zu werden, mußten sie dorthin gehen, wo es Äsung im Überfluß gab, an den Rändern der Bodenrinne.

Mike starrte auf die unbestimmten Konturen der Stämme und Zweige und die Schatten dazwischen. Nichts. Offenbar hatte er die Gegend falsch eingeschätzt, trotz der frischen Losung und der Hufspuren. Er ging wieder weiter. Zumindest würde er jetzt aus dem dichten Gehölz heraus zur Bodenrinne kommen, wo er Ausschau halten könnte, um zu bestimmen, wo sein nächster Standort sein sollte, wenn die Hirsche im Dämmerlicht herauskamen.

Unvermittelt, von einer Sekunde zur anderen, wurde es direkt vor ihm sehr lebendig. Er sah blitzartig huschende graue und weiße Flecken, dünne, hohe Beine, zuckende Ohren, Geweihe und für den Bruchteil einer Sekunde einen ungläubig staunenden Blick. Im gleichen Moment sprangen Hirsche in allen Richtungen vor ihm davon.

Er stürmte vorwärts, bahnte sich den Weg durch krachenden Windbruch und dichtes Gestrüpp, das Gewehr hoch erhoben; ungeschickt tastete er am Gewehrschloß herum. Plötzlich stand er in der Bodenrinne und schaute über die glatte schneebedeckte Weite bis zur dunklen Grenzlinie des Waldes. Ein kalter Wind strich seufzend durch den offenen Einschnitt und wiegte die steif aus dem Schnee ragenden trockenen Gräser und Wildpflanzen. Nichts war zu sehen. Mike nahm das Gewehr herab und starrte fassungslos umher. Sein Herz schlug wild, er atmete schwer und stieß dabei Dampfwölkchen in die kalte Luft aus. Hatte er etwa geträumt? Waren sie wirklich da gewesen?

Er kam sich vor wie ein Idiot. Nach den Büchern zu urteilen und sogar, wie Doug es beschrieben hatte, war die Sache ganz leicht. Er hatte auch alles richtig gemacht. Bis auf die letzte Minute. Und dann war alles zusammengebrochen. Da hatten die Hirsche um ihn herumgestanden, auf Kernschußreichweite! Und er hatte noch nicht einmal die Büchse im Anschlag.

Wo zum Teufel waren sie jetzt? Er trabte durch das

hohe, rauhe Gras bis zur Mitte der breiten Rinne. Aber da gab es nichts anderes zu sehen als die eigenen Stiefelabdrücke. Langsam ging er zum Hirschwechsel zurück und stieß auf ihr Versteck mitten in einer Windbruchdickung, nur einen Steinwurf von seinem vorherigen Standort entfernt. Er sah den Stempel der herzförmigen paarzehigen Hufe im dünnen Schnee. Sie waren in zwei Richtungen losgestürmt, als sie aus dem Versteck ausgebrochen waren, nach links und rechts, aber nicht in die Rinne, wo sie ungeschützt den Schüssen eines lauernden Jägers ausgesetzt gewesen wären. Die wußten genau Bescheid. Als er sich endlich wieder gefangen hatte, waren sie schon längst im Unterwuchs verschwunden.

Der Ärger über seine eigene Dummheit verflog allmählich, und da empfand er sogar so etwas wie Genugtuung. Schließlich war er ja doch auf dem richtigen Hirschwechsel gewesen. Er war genauso überrascht gewesen wie die Hirsche. Wahrscheinlich waren sie gar nicht weit weg. Bald müßten sie Hunger und damit Lust aufs Abendessen bekommen. Wenn er sich an einen von ihnen heranpirschen könnte... vielleicht hätte er Glück...?

Er suchte sich die tiefsten Hufeindrücke aus, der schwerste Hirsch hatte vermutlich auch den schönsten Kopf. Verbissen machte er sich auf, ganz lautlos die Fußtritte auf dem leichten Schnee. Er ging, wie er es gelernt hatte, langsam, mit vielen Pausen, nicht in dem unnatürlichen Menschenrhythmus, der sein Jagdwild mit den scharfen Ohren nur beunruhigen würde.

Die Spur führte nach Norden, parallel zum Hügelkamm und etwas östlich davon. Am Anfang waren die Zehenabdrücke gespreizt, und die Losung war verstreut, als ob sein Hirsch – schon war er in Gedanken »sein« Hirsch geworden – schnell gelaufen wäre. Er ging weiter, hielt an, um sich umzuschauen, als bewegte er sich und dächte wie ein Tier, das kein bestimmtes Ziel hat; nach einer Weile bemerkte er Losung auf einem Haufen und dann eine Stelle, wo Gras vor kurzem abgerupft worden war.

Er war dauernd mit der Spur beschäftigt, blickte auch nach links und rechts, spähte durch die Schatten nach irgend etwas, was halbwegs nach seinem Hirschen aussah. Er schaute nicht nach oben, sonst hätte er gesehen, wie sich die dunklen Sturmwolken zusammenzogen, Wolken mit einem Stich ins Gelbliche, voller Schnee. Er schaute auf den Boden und wunderte sich, daß die Sicht immer schlechter wurde. Er blickte auf die Uhr. Erst vier Uhr? War die Uhr stehengeblieben? Wieso war es so dunkel? Als es ihm endlich einfiel, nach oben zu sehen, sank der Schnee schon schnell herab, wehte zwischen die Bäume, häufte sich auf den Zweigen auf... deckte die Spur seines Hirsches zu... deckte die Spur zu seinem Rückweg zu...

5

Es ging blitzartig vor sich. Hochschauend sah er noch den plötzlich verdunkelten Himmel und den Tanz der Schneeflocken, und als er dorthin zurückblickte, woher er gekommen war, gab es überhaupt nichts mehr zu sehen. Keine Spur, kein Pfad, weder Norden noch Süden, gar keine Richtung mehr.

Es kam ihm vor, als wäre er in einer dieser Schneekugeln eingeschlossen, die man dreht und schüttelt, damit es darin schneit. Er wandte sich um und rannte los, etwa in Richtung Hang, aber nach ein paar Schritten stolperte er über eine Wurzel und fiel vornüber, das kostbare Gewehr entglitt ihm und flog in den Schnee. Er kam auf die Knie hoch und bemühte sich, wieder zu Atem zu kommen. Jetzt hatte er seine Gedanken wieder beisammen. Er hatte panikartig reagiert. Zu blöd. Dabei hätte er sich den Knöchel brechen können, ein Schuß hätte sich lösen können, alles mögliche hätte passieren können. Noch bebend atmete er tief ein und erinnerte sich: Die Panik, das ist der wirkliche Killer im Busch. Nicht der Mangel an Proviant und Wasser. Nicht die Grizzlys. Nur der Mensch selbst, der sich durch seine eigene Angst vernichtet.

Er rappelte sich auf und holte sich das Gewehr. War das Zielfernrohr beschädigt? Wieder heil im Lager zurück, würde er das überprüfen. Herrgott, war das auf einmal kalt geworden! Er schlüpfte mühsam in die Daunenjacke, zog den Reißverschluß ganz hinauf, knöpfte die Knopfleiste darüber zu und zog sich die Nylonkapuze tief ins Gesicht.

Er hockte sich mit dem Rücken gegen den starken Stamm einer alten Fichte auf der windabgewandten Seite und sammelte seine Gedanken. Er erschauerte. In den paar Minuten, als der Sturm eingesetzt hatte, bis zu dem Augenblick, da er sich endlich klugerweise in die Daunenjacke gezwängt hatte, war ihm die ganze Körperwärme weggeblasen worden. Dabei war da oben immer noch Tageslicht. Bald würde die Sonne irgendwo hinter dieser weißen Masse verschwunden sein, und dann allerdings würde Eiseskälte herrschen.

Es gab nur eines, er mußte sich an Ort und Stelle in eine Höhle verkriechen, ein Feuer anmachen, ausharren und beten, daß es nicht zu lange dauere. Wenn es nur richtiger Winter wäre, dann könnte er sich in einer Schneeverwehung eine Höhle graben und dort gemütlich unterkriechen wie ein Bär. Aber jetzt war der Schnee höchstens knöcheltief, und obwohl die Flocken im heftigen Wind so schnell und dicht dahintrieben, als wollten sie ihm behilflich sein, war der Schnee zu weich und neu, um etwas daraus bauen zu können. Es wäre so, als wollte man in einem großen Haufen Federn eine Höhle bauen.

Durch den glatten Graben der Bodenrinne raste der wild aufheulende Wind. Als Mike aufstand und aus dem Schutz des breiten Baumstammes heraustrat, nahm ihm der Sturm den Atem und strömte eisig in seine Lungen ein, die er aufblies wie Ballons. Es war ihm unmöglich auszuatmen, er mußte sich mit dem Rücken zum Wind stellen, damit er die eiskalte Luft ausstoßen und seine Lungen langsam wieder füllen konnte. Hier zu überleben, war ausgeschlossen. Es blieb ihm nichts anderes übrig, als tiefer hinab zu gehen, aus dem schlimmsten Sturm heraus, und sich dann ein Obdach zu suchen und Feuer zu machen.

Tief gebückt, vorsichtig einen Fuß vor den anderen setzend angesichts der Gefahr, sich den Fuß zu verstauchen, kämpfte er sich hangabwärts in den Wald, aus dem Bereich der Sturmwinde heraus, die wie ein Wasserfall durch die Bodenrinne rauschten. Weit konnte er nicht mehr gehen. Seine Knie waren von der Kälte betäubt, und in der warmen Daunenjacke zitterte sein ganzer Körper. Er hoffte nur, er würde in irgendeinen kleinen Schlupfwinkel stolpern, wo er mit viel Glück Feuer machen könnte.

Er fiel gegen einen entwurzelten Baum, den der Schnee schon fast ganz zugedeckt hatte, und um ein Haar hätte er sein Gewehr wieder verloren. Sein Schienbein war auf den Stamm aufgeschlagen, aber seine Beine waren vor Kälte so gefühllos, daß er keinen Schmerz empfand. Er tastete sich am Stamm entlang. Es war ein großer Baum, und wo ihn ein früherer Sturm aus der Erde gerissen hatte, war nun eine kleine natürliche Höhle aus Erde und zerrissenen Wurzeln entstanden, die das hochaufgerichtete Halbrund des Wurzelstocks vor dem ärgsten Windeinfall schützte.

Er lehnte sein Gewehr gegen eine Wurzel, wo es nicht im Wege war, und schabte den Schnee vom Boden. In der Nähe der Wurzeln war nicht viel davon da, und unterhalb der Wurzeln war der Erdboden gefroren und mit totem Laub bedeckt. Die Blätter fegte er hastig zu einem Haufen auf dem nackten Boden zusammen. Danach verließ er sein Obdach und stellte sich dem Wind; er tastete den Stamm nach kleinen Ästen und Zweigen ab, die er abbrechen konnte. Hätte er bloß die Axt dabei. Doch sie hätte ihm auch nicht viel genützt, da er nicht einmal die Hand vor den Augen sehen konnte.

Aber er hatte beide Arme voll, als er sich zu seinem Erdloch zurückkämpfte. Dort bereitete er sein Feuer vor. Über ihm hing wie ein aufgeklappter Ofendeckel der Wurzelstock, ein Halbkreis aus Erde und Steinen, den ein Wurzelgeflecht zusammenhielt. Es war noch etwas Schnee hereingewirbelt, als er draußen gewesen war, auch auf die saubergemachte Stelle, aber nicht sehr viel. Ganz hinten bei der Erdwand war es beinahe windstill.

Mike brach die Äste, die etwas trockener waren, in kleine Stücke und stapelte sie auf seinem Häufchen alter Blätter auf, und oben drauf legte er ein paar größere Äste. Er mußte die Fäustlinge ausziehen, um an das Überlebens-Set heranzukommen, das in der Holzfällerjacke unter der Daunenjacke steckte. Als er sie endlich abgestreift und den Reißverschluß der Daunenjacke heruntergezogen hatte, waren seine Hände vor Kälte wieder starr und gefühllos.

Die Streichhölzer – wenn er bloß mehr davon hätte – waren von der Art, die man an jeder rauhen Oberfläche anreiben kann, sofern sie trocken und nicht zu weich ist. Er schaute sich in seinem Stubbenloch um, und schließlich strich er das erste über den Oberschenkelteil seiner Jeans.

Es ging an, und er hegte das Flämmchen zwischen den Händen und hielt es vorsichtig an das trockene Laub unter seinem Scheiterhaufen. Das Laub flammte orangefarben auf, das einzige lebendige farbige Ding in seiner weißen Schneekugel, und er beugte sich darüber und schützte die Holzpyramide mit den Händen vor plötzlichen, schneeträchtigen Windstößen. Einen Augenblick lang spürte er die wunderbare Wärme an den erstarrten Handflächen, bis die kalte Luft auf die Flammen niederfuhr wie eine allzu schwere Decke und sie erstickte.

Das Problem war der kalte Wind. Doch jetzt war das Holz schon wärmer und trockener geworden. Noch fünf Streichhölzer hatte er. Beim nächsten Versuch brannte das

Feuer schon etwas länger. Ein harzhaltiges Borkenstück loderte auf und rauchte. Er legte sich hin und blies es an, ausdauernd und sanft, um die Funken zu einem Feuer anzufachen. Seine Hände waren jetzt ungefüge Eisklumpen, und vor lauter Anstrengung, das Zähneklappern zu unterdrücken, taten ihm die Kiefer weh.

Aber es war immer noch nicht genug Hitze entstanden, um die schweren Kaltluftschichten zu überwinden, die vom Hügel herabkamen. Er zündete drei Streichhölzer nacheinander an und steckte sie an drei Stellen in seinen Holzstoß. Alles oder nichts. Aber es funktionierte. Diesmal fühlte er tatsächlich die warme Luft aufsteigen, und sie fächelte sein Gesicht. Sie stieß die Kaltluft zurück. Gierig verzehrte das Feuer nun jeden kleinsten Zweig, den er ihm opferte. Er kniete sich neben das Feuer, zog sich einen größeren Ast heran und brach ihn in ellenlange Stücke, die er oben drauf legte. Die Flammen loderten, und der Wind riß sie oben seitlich weg, in Rauch verwandelt.

Mit gekreuzten Beinen saß Mike neben seinem Feuer, seinen Rücken so dicht wie möglich an der Rückwand seines Erdlochs, die Hände über der Lohe. Er zog sich Daunenjacke und Holzfällerjacke aus, damit die Hitze direkt an den unterkühlten Körper gelangte. Er hielt sich so nahe, wie er es aushalten konnte, an der Glut, bis die Haut unter der Hitze zu schmerzen anfing, erst dann zog er sich die Jacken und die Fäustlinge wieder an.

Draußen, hinter und neben seiner Bruchhöhle, heulte der Wind, und der Schnee wirbelte in geschwungenen weißen Säulen herab, die die Windstöße sichtbar machten. Er lehnte sich gegen die verknotete Masse von Würzelchen und Erde zurück, die Arme vor der Brust übereinander geschlagen, als wollte er diese neue Wärme an sich drücken. Jetzt zitterte er nicht mehr vor Angst und Kälte. Er fühlte sich nur unbeschreiblich müde, ausgelaugt und benommen. Aber er durfte nicht einschlafen. Dann ginge das Feuer aus, und das Feuer war sein

Leben. Wenn er doch nur etwas Warmes zu trinken hätte, etwas, was ihn wach hielte.

Das Überlebens-Set fiel ihm ein. Es war eine kleine Aluminiumschachtel mit einem Deckel. Er zog einen Handschuh aus, leerte die Schachtel und verstaute den Inhalt sorgsam in die Tasche der Daunenjacke. Dann füllte er die Schachtel mit Schnee, den er über dem Feuer schmelzen ließ. Das ergab gerade einen Zentimeter hoch Wasser. Wieder schaufelte er die Schachtel mit Schnee voll und dann noch einmal, bis er endlich genügend Wasser hatte, um sich einen Trank zu kochen.

Da waren ja auch Suppenwürfel dabeigewesen. Einen schälte er aus seiner Folie heraus, krümelte ihn in das heiße Wasser und verrührte ihn mit einem Zweig. Als er die Schachtel am Deckelgriff vom Feuer hob, roch er schon den würzigen Rindfleischgeruch. Ihm lief das Wasser im Mund zusammen, aber er mußte warten, bis das Metall sich soweit abgekühlt hatte, daß er sich nicht den Mund verbrannte.

Der Trank war herrlich, heiß rann er ihm durch den ganzen Körper. Zwischen den Schlucken aß er die Gesundheits-Riegel. In warmen Wellen spürte er die Energie zurückfließen. Noch mehr Holz aufs Feuer, sein Holzstoß war fast weggebrannt. Bald würde er aufstehen müssen, um mitten im Sturm noch mehr trockenes Holz zu suchen. Sehr bald...

Sein Kopf sank herab, und er zuckte zusammen. Er riß die Augen auf. Das Feuer brannte wie rasend unter der Peitsche des Windes. Er legte den ganzen Rest seines Holzes nach und sah zu, wie die Funken hochflogen und mit dem Schnee davonwirbelten. Nur eine Minute noch. Um richtig warm zu werden. Dann würde er rausgehen. Die Augen fielen ihm zu.

Wumm! Irgend etwas Schweres sauste an seinem Gesicht vorbei. Auf einmal war alles naß. Zu seinen Füßen klatschte etwas auf. Finsternis. Kein Feuer mehr. Vor seinen gekreuzten Beinen schmolz sehr schnell ein großer

Schneehaufen. Das Wasser leckte an seinen Jeans. Er zog die Füße an und kam auf die Knie und verstand immer noch nicht, was los war. Er schob den nassen Haufen Schnee von der Stelle weg, wo das Feuer gewesen war. Erst schöpfte er ihn sorgfältig ab, aber dann scharrte er aufgeregt in der nassen Holzkohle herum, um noch einen Rest seines Feuers zu finden. Wie konnte das so schnell ausgehen, erstickt von einer Sekunde zur anderen?

Wumm! Eine Ladung Schnee, schwer, naß und eiskalt, klatschte ihm in den Nacken und rutschte ihm über die Schultern zu Boden. Er schaute hinauf durch das weiße Gewirbel und sah undeutlich über sich die ausladenden Äste einer riesigen Fichte. Jetzt wußte er Bescheid.

Der Graben zwischen Theorie und Erfahrung kann so breit sein wie der Grand Canyon. Natürlich hatte Mike das gewußt. Wenn du ein Feuer unter Bäumen machst, paß auf, daß nicht die Ladung Schnee auf den Ästen darüber – besonders bei ausladenden Ästen etwa von Fichten – sich erwärmt, ihren Halt verliert und sich wie eine Lawine über das Feuer ergießt. Das wußte er natürlich. Aber er hatte es nicht erfahren. Bis zu diesem Augenblick.

Jetzt war aus seinem Feuer ein schwarzes Gemenge nasser, halbverkohlter Holzstücke geworden, auf die der Schnee fiel. Die Blätter zum Anmachen waren längst verbraucht. Ein einziges Streichholz war ihm geblieben. Und es wurde dunkler und sogar noch kälter.

Verwirrt und sehnsüchtig rief er sich ins Gedächtnis, wie es ihm noch vor wenigen Minuten neben dem hell brennenden Feuer so warm und gemütlich war, daß er tatsächlich eingenickt war. So schön warm ...

Der Novembersturm war unbarmherzig. Er schnappte nach seiner neuerworbenen Wärme und ließ ihn erschauern. Mike mußte handeln, und zwar sofort. Er fand einen abgebrochenen Ast, der im Schnee steckte, und stieß und schüttelte damit die Äste der großen Fichte, bis sie sich ihrer Last entledigt hatten. Die würden ihn nicht noch einmal überraschen.

Er kickte die nassen Überreste des Feuers weg, sammelte nur ein paar größere angekohlte Stücke, die er in einen Hohlraum in der Rückwand der Höhle legte. Dann tastete er sich am Stamm des entwurzelten Baumes entlang, voller Angst, ihn aus dem Griff zu verlieren. Nur ein paar Meter zur Seite – und er würde nie mehr den Weg zurück finden. Die Welt, die er sah, war zu dieser kleinen weißen Schneekugel zusammengeschrumpft, die nun auch den umgestürzten Baum, die Höhle unter den Wurzeln und die weit schwingenden Fichtenäste enthielt.

Er zerrte an dürren Ästen, die aus dem Schnee ragten. Sie müßten eigentlich trocken sein. Dreimal kam er mit einem Arm voll Holz in die Höhle. Er kniete sich hin, aus der Reichweite des eisigen Windes heraus, und brach das Holz in kleine Stücke, die er an der Rückwand aufeinanderschichtete. Dann nahm er das Jagdmesser aus der Scheide am Gürtel und schälte die Rinde von den trockenen Aststücken ab und spänte das blanke Holz am Rande fein ab, bis er ein halbes Dutzend faserige »Anzünder« hatte. Im Buch hatte gestanden, es würde immer funktionieren, aber er hatte es noch nie auf feuchtem Boden mitten im Sturmgetöse ausprobiert.

Er baute seinen Holzstoß neu auf, mit den Spänen ganz innen. Dann nahm er das letzte Streichholz hervor. Er hatte außerdem noch das Feuerstein-Feuerzeug aus dem Überlebens-Set, hatte aber nicht viel Vertrauen dazu. Wie soll man denn schließlich ein Feuer mit einem Funken machen, wenn das nicht einmal mit dem Flämmchen eines Streichholzes gelingt?

Mit größter Vorsicht strich er das letzte Streichholz an den Jeans an, schützte die Flamme mit bloßen Händen und führte sie zu den fein abgespänten Anzündern in der Mitte des Holzstoßes. Sie nahmen das Feuer sofort an; er beugte sich darüber, um es mit seinem Körper vor dem Wind zu schützen.

Es war eine schöne Flamme, klar und golden, fast rauchlos, ein Hoffnungsschimmer in dem kleinen Gewölbe unter Mikes schützend herabgebeugtem Körper. Sie züngelte um ein kleineres Holzstück noch aus dem alten Feuer, teilte sich und zischte, als sie auf eine Naßstelle traf. Nun komm schon, trieb er sie mit seinem Willen an und hielt die Hände um sie herum, los, werde größer, du bist meine Rettung.

Die goldene Flamme blieb vielleicht fünfzehn Sekunden lang am Leben, nicht annähernd lang genug, um auf das andere Holz überzugreifen. Er konnte es nicht glauben, er beugte sich ganz hinunter, seine Wange streifte den nackten Boden, und sanft blies er in das tote Feuer. Immer wieder. Aber da war nichts. Nicht einmal Asche zum Wegblasen.

Mike steckte seine erstarrten Hände wieder in die Fäustlinge. Einen Augenblick lang drang mit der Finsternis zugleich auch die Verzweiflung auf ihn ein, aber er schüttelte sie ab. Er nahm sein Messer, und von dem trockensten Holz, das er finden konnte, schnitt er abermals feine Späne ab, die er zusätzlich der Länge nach einschnitt. Und verbissen baute er seinen Holzstoß wieder auf.

In der linken Tasche der Daunenjacke war das Feuerzeug. Der kleine Apparat bestand aus einem viereckigen Stückchen Holz, fünf Zentimeter lang, fünfzehn Millimeter breit und drei Millimeter dick. Auf einer Seite war auf halber Länge der Feuerstein eingesetzt. In einem Schlitz im Holz steckte, wie ein Schwert in der Scheide, die Stahlklinge, ein Stück Metall wie eine kurze, dicke Rasierklinge, die der Länge nach gekerbt war.

Versuchsweise schlug er die gekerbte Seite der Klinge am Feuerstein entlang. Der Funken war enorm und erhellte die Höhle, aber nur für eine kaum meßbare Zeit. Immerhin, es hatte einen Funken ergeben.

Das ganze Geheimnis bestand darin, den Funken richtig zu lenken, so daß er auf etwas Entflammbares auftraf. Aber was? Trockenes Moos? Federn aus einem alten Vogelnest? Er dachte an die Anregungen in den Büchern. Aber er konnte ja nicht lange suchen, das war klar. Was immer er brauchen konnte, es mußte innerhalb des kleinen Raumes seiner Sicht- und Reichweite zu finden sein.

Er erinnerte sich an die Würfelzuckerpäckchen aus dem Überlebens-Set. Wenn er die Verpackungspapierchen mit irgend etwas füllen könnte... um sie als Anzünder zu benützen... Er grub den Zucker aus der Tasche und riß die Papierchen vorsichtig auf. Den Zucker legte er sich auf die Zunge; er schmolz und rann ihm süß durch die Kehle. In jedem Fall ein kleiner Energiezuwachs.

Und noch etwas aus der Theorie fiel ihm ein. Mit flachem Messer kratzte er Oberflächenflor von seinen Jeans, bis er ein Papierchen mit einer weichen Fusselkugel ausfüllen konnte. Und das andere? Seine Holzfällerjacke war doch aus Baumwollflanell. Er zog sich die Daunenjacke aus und schabte alles zusammen, was sich an Stofffasern am Grunde der Taschen angesammelt hatte. Es war erstaunlich viel. Mehr als genug, um das zweite Papierchen zu füllen.

Jetzt hatte er zwei Anzünder – weiche, kleine, oben offene Papierkissen voller Fussel. Noch einmal schlug er die Klinge gegen den Feuerstein. Die Schwierigkeit war, richtig zu zielen. Der Funken sprang sonst aufs Geratewohl heraus, ein plötzlicher Lichtpunkt, der das Auge blendete, mit dem Nachbild eines grünen Punktes, der mitten darin tanzte.

Er zwang sich zur Geduld, zu langsamem Handeln, um die Furcht zu überwinden, die wie eine Übelkeit in ihm hochstieg und ihn zu hastigen, ungeschickten Bewegungen verleitete. Abermals schlug er die Klinge gegen den Feuerstein. Aus einem der Fusselkissen stieg ein schmales Rauchwölkchen auf, und er bettete es behutsam in die untere Schicht des Holzhaufens und blies, die Wange direkt auf dem eiskalten Boden. Das Kißchen flammte auf, und die Flamme packte einen der aufgespleißten Späne. Bevor das Feuer ausging, entzündete Mike schnell das zweite Kißchen an der Flamme und legte es auf die andere Seite der Holzpyramide. Er schirmte dieses kleine flammende Wesen mit den Händen ab, redete ihm liebevoll zu und nährte es sanft, geduldig, mit Luft.

An den Ausläufern des Sturms, der in diesem Augenblick über die Swan-Berge hinwegzog, ließ der Wind nach. Statt direkt aus Westen zu blasen, ließ er sich nun mehr von den Geländeformen bestimmen, über die er hinstrich. So kam es, daß jetzt gerade der Wind einen Moment lang innezuhalten schien und dann kräftig durch die natürliche Schlucht des Flußtals zwischen den gegenüberliegenden Hügelhängen hindurchfuhr.

So war es in Wirklichkeit gewesen. Aber Mike kam es vor, als hätte ein grausames Schicksal den Wind absichtlich nordwestlich zurückgetrieben und eine Bö wäre plötzlich über sein Feuer unter dem Wurzelstock hereingebrochen, und zwar durch eine kleine Stelle hindurch, wo es gerade nicht durch die Wand des Stubbenlochs oder seinen Körper geschützt war. Da war ein plötzlicher Windstoß, und das Feuer war aus.

Es war nicht zu begreifen, daß all seine Arbeit so schnell und leicht zu zerstören war. Er kauerte sich so klein wie möglich unter dem Wurzelstock zusammen. Ihm war jetzt so kalt wie noch nie in seinem Leben. Er erschauerte und zitterte unbeherrscht, und ihm wurde ganz schlecht beim Gedanken an Unterkühlung ... er hatte davon gelesen.

Nicht mehr lange, dann würden die Wahnvorstellungen kommen, da die Kälte die Gehirnfunktionen beeinträchtigt. Dann allerdings wäre auch die Unterkühlung seines Inneren nicht mehr rückgängig zu machen ... hier draußen, wo er allein war, ohne Hilfe, ohne Feuer. Bald würde er in Schlaf sinken. Vielleicht würde er sich auch erst die Kleider vom Leibe reißen, weil sein kältegelähmtes Gehirn die Signale des Körpers mißdeutet und ihm eingibt, es wäre heiß, unerträglich heiß, wie in einer Hitzewelle. Er hatte von Menschen gelesen, die man im kanadischen Winter so aufgefunden hatte, steif gefroren und nackt am Ende einer Reihe von Kleidungsstücken. Aber nackt oder angezogen – es fing immer mit dem Einschlafen an. Und der Schlaf würde ganz langsam in Bewußtlosigkeit übergehen und die Bewußtlosigkeit in den Tod.

Ich will nicht sterben! Unhörbar war der Schrei, den er ausstieß, zu einem teilnahmslosen Himmel hinauf. Der Himmel war teilnahmslos, das wußte er, denn er hatte den gleichen Satz immer wieder seit vorigem Weihnachten unhörbar hinaufgeschrien, aber er hatte keine Wirkung gehabt.

Während der Einführungsbehandlung hatte er sechs Wochenenden voller Schmerzen und Übelkeit hinter sich gebracht. Er hatte immer gedacht, man gewöhnt sich an alles, aber das stimmte nicht. An diese Spritze in die Venen gewöhnte er sich nie. Und diese Alpträume von Wochenenden färbten auf alles andere ab; als wäre da eine unsichtbare Mauer zwischen ihm und dem Rest der Welt, Doug eingeschlossen.

Die Schule war kein Problem. Er ging nach dem Stundenplan vor und wechselte die Unterrichtsräume entsprechend. Die meisten Freistunden nutzte er, um die Hausaufgaben zu machen, die an den Wochenenden ausfielen. Im übrigen ... Einsamkeit.

Am Anfang klingelte das Telefon noch wie üblich freitags abends. »Hör mal, wir gehen Schlittschuhlaufen im Park. Eis ist prima. Kommst du?«

Er erinnerte sie daran, daß er früh ins Bett müsse und am nächsten Morgen gleich ab ins Krankenhaus.

Da war immer eine Pause. »Ach so, Mike, tut mir leid. Hab's vergessen. Bis Montag dann.«

»Klar. Viel Vergnügen.«

Nach ein paar Wochen riefen sie nicht mehr an. Montags, vor dem Klingeln, erzählten sie sich, was am Wochenende los war. Auch hier fühlte er sich ausgeschlossen. Aber sie konnten nichts dafür. Niemand konnte etwas dafür.

Doug kam gewöhnlich abends vorbei, wenn er nicht zu viele Hausaufgaben zu machen hatte. Sie spielten Rommé, bis es ihnen zum Hals heraushing. Dann brachte Mikes Vater ein Telespiel nach Hause, mit allen Extras. Das verlangte mehr Konzentration als Rommé.

»He du, hab' dich schon wieder geschlagen.«

»Tut mir leid, war nicht bei der Sache.«

»Bist du müde?«

»Quatsch.« Unruhig rutschte Mike auf dem Wohnzimmerteppich herum.

»Wir können auch aufhören, wenn du was anderes machen willst.«

»Ach Mensch, laß doch diese verdammte Rücksicht.«

»Weißt du, Mike, du bist eine richtige Nervensäge heute abend.«

»Brauchst ja nicht zu bleiben.«

»Weiß ich.«

Mike wandte den Blick ab vom Fernsehschirm und starrte ins Kaminfeuer. »Es macht mich halt... allmählich ganz fertig. Nicht nur die Behandlung, und die ist weiß Gott schon schlimm genug. Aber die Tests, die Blutproben. Als hättest du jede Woche eine Abschlußprüfung, immer weiter, bis ans Ende des Lebens. Dauernd hältst du den Atem an und hoffst, daß alles in Ordnung ist. Mann, wie ich das hasse.« Seine Lippen zitterten. Er starrte ins Feuer.

»Aber es geht dir doch langsam besser?«

»Glaub' schon.« Mike putzte sich geräuschvoll die Nase. »Viel erzählen sie einem ja nicht.«

»Auch nicht dein Dr. Gage?«

»Hm-hm. Weißt du, ich hab' mal gedacht, der Typ wär' in Ordnung. Na ja, ist er ja vielleicht. Vielleicht bild' ich mir auch verschiedenes ein...«

»Was meinst du damit?«

»Ich hab' da so ein Gefühl. Jedesmal, wenn ich's genau wissen will, haut er ab und muß noch wen andern sehen.«

Doug dachte darüber nach. »Vielleicht wissen sie's selbst nicht und wollen's bloß nicht sagen. Du, da hab' ich doch vor kurzem in der Zeitung gelesen, warum die einfach Buchstaben auf die Krankenkarte setzen. So wie WNG.«

»Und was soll das heißen?«

»Weiß nur Gott. Vielleicht wie bei dir.«

»Du bist wirklich eine Seele von Mensch. Ich danke dir.«

»Keine Ursache, gern geschehen. Spielen wir Karten?«

»Ich weiß nicht. Na ja, warum nicht...«

Zwei Wochen vor Weihnachten überbrachte ihm Dr. Gage die frohe Botschaft. »Keine Wochenenden mehr im Krankenhaus. Deine Werte sind sehr gut, Mike. Sieht alles prima aus.«

Zuerst starrte Mike ihn nur an. Er konnte es noch nicht fassen. Dann fing er zu grinsen an und dann zu lachen. Und dann war er schon in der Halle, wo seine Mutter wartete; als sie ihn sah, rannte sie quer durch die ganze Halle. Sie fielen sich um den Hals und mußten beinahe weinen. So was Idiotisches.

»Meinst du, die Haare wachsen bis Weihnachten wieder?« Er betrachtete sich im Spiegel auf der Sonnenblende, als seine Mutter ihn nach Hause fuhr.

»In zwei Wochen? Scheint mir ein bißchen kurz. Aber vielleicht ja. Wir könnten dir eine Perücke besorgen, für Partys und so.«

»Na klar, Mam. Ich und Perücke! Hoho. Na ja, es macht sowieso nichts mehr aus. Inzwischen haben sich die dran gewöhnt, wie ich aussehe. Ist mir jetzt auch egal. Endlich ist das vorbei. Nicht mehr ins Krankenhaus müssen. Mensch, ich fühle mich so prima, ich könnte schreien.« Er drehte das Fenster hinunter und lehnte sich hinaus. »He Leute, ich fühl' mich super-extra-prima.«

Seine Eltern stürzten sich wie die Wilden in Weihnachtsvorbereitungen, schlimmer als je zuvor. Überall hängten sie Mistelzweige und Tannenzweige und rotes Samtband auf und schmückten den riesigen Baum vor dem Erkerfenster im Wohnzimmer. Darunter stapelten sich die Pakete.

Mike mußte sich jetzt Geschenke für Mutter und Vater ausdenken. Und für Doug. Und alle Freunde. Sein Taschengeld hatte er seit November kaum angerührt, Geld war kein Problem. Außer für Gloria. Sie ging immer noch mit diesem Typ aus der zwölften Klasse, er wollte den Namen gar nicht wissen. Es wäre unbeschreiblich toll gewesen, etwas ganz Phantastisches für Gloria aufzutreiben und dann ihr Gesicht zu sehen...

Die Tage huschten vorbei, das kam auch durch die vielen Prüfungen und die nun frei verfügbaren Wochenenden. Zuerst merkte er noch nicht, daß etwas nicht stimmte. Bis zu dem Tag, als er ins Wohnzimmer trat und seine Mutter in Tränen fand. Ein Glasfigürchen war vom Baum gefallen und zerbrochen, und sie versuchte, die Scherben aufzusammeln, aber vor lauter Tränen konnte sie nichts sehen.

»Nanu, Mammi, hast du dich geschnitten?« Er nahm ihr die Scherben vorsichtig weg und sah sich ihre Hand an. »Nein, alles in Ordnung. Hör mal, ist doch nur eine Christbaum-Verzierung. Ich kauf' dir eine neue, die größer und schöner ist.«

»Aber die hier hat mir meine Schwester geschenkt, am ersten Weihnachtsfest nach deiner Geburt.«

»Das tut mir leid, Mam. Ich beschaffe dir eine neue zur Feier meiner Genesung, das ist dann auch etwas Besonderes, und viele Jahre später wirst du's noch deinen Enkelkindern zeigen.«

Er küßte sie auf die Wange und erwartete eigentlich, sie würde nun auflachen und sagen, wie dumm sie sich gerade benommen habe. Statt dessen umarmte sie ihn heftig, küßte ihn auch und ging aus dem Zimmer. Verwirrt blieb er zurück, sammelte die kleinen Glassplitter auf und packte sie in ein Papiertaschentuch.

Immer stärker spürte er die Spannung zwischen allen Beteiligten. Das war keine Einbildung. Mehrere Male ertappte er sie, wie sie stumm und reglos im Wohnzimmer oder in der Küche saßen. Kaum sahen sie ihn, war eitel Sonnenschein. »Na Junge, siehst ja wieder prima aus!«

»Alles fertig für die Mathe-Prüfung, Liebling?«

Munterer Plauderton. Aber er hatte das komische Gefühl, daß sie gleich nach seinem Weggehen aufhörten zu lächeln und wieder schwiegen.

Wollten die sich vielleicht trennen? Ein verrückter Gedanke; er blieb ruckartig stehen. Andererseits – war das so verrückt? Die Hälfte seiner Klasse lebte nur noch mit einem Elternteil zusammen oder mit neuem Stiefvater oder neuer Stiefmutter. Aber doch nicht Mutter und Dad! Er beobachtete sie jetzt genauer. Er las sogar die Kärtchen auf den Geschenkpaketen unter dem Baum.

»Meiner lieben Anita.« Und »Dem liebsten Ehemann von seiner Anita«. Klang doch alles ganz echt, oder?

Am Ende hielt er die Spannung nicht mehr aus. Zum langen Frühstück am späten Sonntagmorgen, als seine Mutter Waffeln backte, trug er seine Frage vor.

»Wollt ihr euch scheiden lassen?« Es hörte sich plumper an, als er beabsichtigt hatte, aber sie waren beide sofort hellwach, und die grenzenlose Überraschung auf ihren Gesichtern zeigte, noch bevor sie widersprachen, wie sehr er sich geirrt hatte.

»Aber wie kannst du nur auf so etwas kommen?« fragte seine Mutter. Mike ging so ungeschickt mit dem Sirupspender um, daß sie ihn wegstellte.

»Ich weiß nicht«, murmelte er. »Ich hatte einfach das Gefühl, ihr verbergt mir was, und ich hab' mir nichts anderes denken können.«

Er schaute auf und erfaßte gerade noch, wie sich ihre Blicke schuldbewußt trafen, aber das war so kurz und ging so schnell, daß er nicht sicher war, ob er sich nicht täuschte. »Und es stimmt auch, daß ihr mir was verschweigt. Ich weiß es.«

»Tja Mike, wenn man so alt wird, kommen allmählich die Wahnvorstellungen, damit mußt du leben«, sagte sein Vater und warf seine Serviette auf den Tisch. »Ja Gott noch mal, da sitz' ich hier und dabei bin ich gleich mit einem Kunden verabredet. Wird wahrscheinlich ein dikkes Geschäft, draußen im Westend.«

Mikes Mutter sah den Vater mit einem Blick an, den Mike nicht verstand. Dann sprang auch sie auf und fing an, den Tisch abzuräumen.

»Was hast du heute vor, Mike?«

»Sollte eigentlich lernen. Englisch-Prüfung am Dienstag, die letzte in diesem Jahr.«

»Dann will ich dich auch nicht stören, Liebling. Ich laß dir was zum Essen im Kühlschrank, und du nimmst dir was, wann du Lust drauf hast.«

Er ging auf sein Zimmer, fühlte sich verabschiedet, mit seinen Fragen alleingelassen. Das bedrückte ihn noch den ganzen Montag. Dienstag auch. Bei dieser Schularbeit würde er nicht so gut abschneiden, das war sicher. Der Gedanke an die Eltern schob sich dauernd vor die Gestalt von Julius Caesar. Sie logen ihn an, das wußte er. Aber worüber?

Am Mittwochmorgen sollte er sich zu einer Untersuchung im Krankenhaus melden. Nur rein und raus, kurze Überprüfung und eine Blutprobe. In der Schule war jetzt sowieso nichts mehr los, die Prüfungen waren alle vorbei.

»Kann ich Sie mal sprechen, Jim?«

»Sicher.« Dr. Gage kam zurück und setzte sich auf die Tischkante, als hätte er alle Zeit der Welt.

»Irgend etwas stimmt nicht«, sagte Mike langsam.

»Mit dir? Hast du mir etwas verschwiegen?« Er war plötzlich ganz aufmerksam, wie ein Hund, der etwas wittert.

»Nicht mit mir. Mit meinen Eltern.« Er stockte. Es sollte nicht so klingen, als hätte er Wahnideen, wie sein

Vater es angedeutet hatte. »Ich werde das Gefühl nicht los, daß sie mir etwas verheimlichen.«

»Was könnte das sein?« Ganz beiläufig gefragt.

»Ich dachte schon, sie wollen sich vielleicht scheiden lassen. Aber das ist es nicht. Ich hab' sie gefragt, aber ... nein, nein.«

»Und nun?«

»Ich hab' nachgedacht ... Sie sind immer ehrlich zu mir gewesen, Jim. Und da dachte ich, Sie können mir vielleicht helfen.«

»Dazu bin ich ja da. Das weißt du. Jedoch ...«

»Bin ich geheilt?«

Jim Gage steckte die Hände in die Taschen des weißen Kittels. Er veränderte seine Stellung im Sitzen und reckte sich hoch. Sein glattes Babygesicht gab nie etwas preis, dachte Mike. Er fragte sich, was die anderen Patienten von dem Arzt hielten, aber gefangen in der Abgeschiedenheit seines Privatzimmers hatte er nie welche gesehen.

»Bin ich wirklich geheilt?« wiederholte er, und sein Herz klopfte laut.

»Geheilt ist ein Wort, das Ärzte ungern in den Mund nehmen, Mike. Ausgenommen bei Sachen wie Blinddarm, der nach der Operation nicht mehr nachwächst. Es geht dir eigentlich recht gut, und ich bin sehr zufrieden mit dir. Genügt dir das nicht? Für dich waren das harte sechs Wochen. Aber das ist vorbei. Fertig mit der Schule? Na, du freust dich doch schon auf die Ferien, was?«

»Aber ...« Mike starrte ihn an. Das Gesicht des Arztes war ausdruckslos und unbewegt.

»Sieh mal, Mike. Deine Eltern haben sich wahnsinnige Sorgen um dich gemacht. Das weißt du. Es kann sein, daß du jetzt wie ein Empfänger mit feinen Antennen diesen Rückstau von Ängsten gefühlsmäßig registrierst und daß das dich bedrückt. Übrigens, tut mir furchtbar leid, Mike, aber ich muß jetzt weiter. Bin eigentlich schon zu spät. Fröhliche Weihnachten.«

Er streckte ihm die Hand entgegen, und Mike schüttelte

sie unwillkürlich. Der Arzt ging, und Mike wanderte ziellos hinaus. Ein grauer, lastender Tag. Schnee lag in der Luft. Er fröstelte trotz Daunenjacke.

Das bilde ich mir nicht ein, sagte er sich. Da ist tatsächlich etwas, was sie vor mir geheimhalten. Es muß was Schreckliches sein wie Lepra oder ... aber Schlimmeres konnte er sich nicht vorstellen. Vielleicht hatte Doug recht. Vielleicht war das richtig, WNG, Weiß Nur Gott.

Er ging zur Tür für ambulante Patienten und zögerte.

Dr. Gage war fort, und Mike wußte, daß jetzt niemand mehr da war, den er fragen konnte. Er stand auf dem Gehsteig draußen, und die Leute hasteten an ihm vorbei. Und dann, ohne sich Zeit zum Nachdenken zu lassen, kletterte er in den nächsten Bus und stieg an der Bibliothek aus.

Es war jedenfalls etwas mit seinem Blut, soviel wußte er. Er orientierte sich am Schlagwörterkatalog. Da fand er dann ganze Regale nur mit Büchern über Blutkrankheiten. Er hatte gar nicht gewußt, was da alles schiefgehen konnte; ein Wunder, daß noch so viele Leute gesund waren.

Er blätterte ein Buch nach dem anderen durch, immer wieder aufgehalten von Wörtern, die er noch nie gehört hatte, aber er blieb hartnäckig bei seiner Suche. Die Schwierigkeit war, seine Symptome deuteten auf alle möglichen Krankheiten hin; jetzt war er nicht mehr erstaunt über die vielen Testreihen, die zu Anfang gemacht wurden. Schade, daß die im Krankenhaus nie erklärt hatten, was eigentlich mit ihm passierte. Hätte er das gewußt, wäre ihm alles interessanter und vor allem erträglicher vorgekommen. Aber sie hatten ihn immer nur wie ein kleines Kind behandelt.

Vor sich hatte er einen Bücherstapel so hoch wie sein Arm, und er hatte Kopfschmerzen. Er war schon soweit aufzugeben, als ein bekanntes Wort ihm von der Buchseite entgegensprang. Vincristin. Damit hatte Dr. Gage angefangen, mit diesem giftigen Zeug, das einem den Magen umdrehte. Den Namen würde er nie vergessen. Aber wofür war es gut? Er ging zur Bibliothekarin, und sie führte ihn zum ›Verzeichnis der Arzneimittel und pharmazeutischen Spezialpräparate‹, einem enormen Lexikon aller überhaupt bekannten Arzneien. Und eben in diesem Buch fand er die Wahrheit, die ihm seit zwei Monaten jeder vorenthalten hatte, Eltern, Ärzte und Schwestern. Vincristin wurde ganz spezifisch bei der Behandlung akuter lymphatischer Leukämie eingesetzt. Blutkrebs.

Zum Glück saß er an einem der Lesetische, als er darauf stieß. Er hatte das sonderbare Gefühl, alles Blut strömte hinunter in seine Füße und einfach aus, als hätte jemand einen Stöpsel gezogen. Leukämie – er wußte Bescheid. Das war es doch, was Ali McGraw in ›Love Story‹ hatte. Einbahnstraße. Ohne Umkehr.

Allmählich kam das Blut wieder zurück, dorthin, wo es hingehörte, und nach einer Weile war er fähig aufzustehen. Aber er fühlte sich völlig betäubt. Er verließ die Bibliothek und ließ sich treiben, über den großen Platz auf einen Einkaufsmarkt zu. Der Wind war eisig, nur wenige liefen Schlittschuh zur Begleitung der fröhlichen Musik, die vom Platz dröhnte.

Er hatte eigentlich keinen Hunger, aber ihm war kalt, und er fühlte sich wie ausgehöhlt, und als er an einem Restaurant vorbeikam, das Licht und Wärme verhieß, trat er ein und setzte sich in eine Nische im hinteren Teil. Es war gemütlich und auf gediegene Weise teuer eingerichtet. Er bestellte sich ein warmes Corned-Beef-Sandwich. Er hätte auch gern ein Bier gehabt, aber trotz der Krankheit, die ihn älter scheinen ließ, wußte er nicht, ob er wirklich wie achtzehn aussah, und es wäre ihm peinlich gewesen, in so einem Lokal nach dem Personalausweis gefragt zu werden.

Das Sandwich kam, dick und pappig, Roggenbrot, bestückt mit einer dünnen Corned-Beef-Scheibe und Sauerkraut, mit Käse überbacken, der seitlich herabtropfte. Er schlang es hinunter, fast ohne zu kauen. Wie es schmeckte, war nicht wichtig, er wollte nur die Leere in seinem Innern ausfüllen. Als er fertig war, bedauerte er, so schnell gegessen zu haben, denn sofort stellte sich der Kellner wieder ein. Es war Mittagszeit, und die Leute standen hinter der Kasse schon Schlange.

Er wollte noch nicht gehen. Hier war so eine Höhlen-Atmosphäre, die einen trostreich umfing. Die Kerzen auf den Tischen steckten in kleinen Ständern aus rosarotem Glas, die Rückbänke und Sessel waren in warmem Dunkelrot gepolstert. Draußen sah er manchmal flüchtig die reale Welt durch die Vorhänge. Schwarzweiß und kalt.

Er bestellte eine Tasse Kaffee und trank sie schlückchenweise. Danach bat er nachzuschenken und dehnte seinen Aufenthalt aus, soweit es ihm möglich schien. Aber dann kam der Kellner, den Block in der Hand, und Mike stand traurig auf und ging.

Draußen fing es wieder zu schneien an. Er wollte nicht nach Hause gehen. Da würde nur Mrs. Holden in der Küche herumfuhrwerken und die Feier am Abend vorbereiten. Seine Mutter wäre wahrscheinlich beim Friseur und sein Vater bei einem komplizierten Immobiliengeschäft.

Schließlich fuhr er zur Bibliothek zurück. Er fürchtete sich davor, noch mehr über diese Sache zu finden, die er hatte, aber er konnte auch nicht davon ablassen, so wie man nicht aufhören konnte, mit der Zunge einen schmerzenden Zahn abzutasten.

Ziemlich schnell kam er darauf, daß es mehr als eine Sorte Leukämie gab – manche ziemlich schlimm, andere nicht ganz so schlimm. Vielleicht mußte das nicht so ausgehen wie in ›Love Story‹. Vielleicht mußte er gar nicht sterben!

Er wollte es wissen. Ohne darüber nachzudenken, daß es schon spät war, lief er aus der Bibliothek und sprang auf den Bus zum Krankenhaus. Das Mädchen in der Anmeldung für ambulante Patienten sah ihn erstaunt an. »Sie waren doch heute morgen schon hier, nicht wahr?«

»Ja. Aber ich muß Jim, ich meine Dr. Gage nochmal sehen. Es ist sehr wichtig.«

»Der ist schon zu Hause, hat die Feiertage frei. Wollen Sie vielleicht zu Dr....?«

»Nein, ich finde ihn in seiner Wohnung.«

»Rufen Sie am besten erst an...«, rief sie ihm nach. Aber das hörte er gar nicht mehr.

Bestürzt sah Mike, daß Jim Gage das gleiche alberne Papierhütchen aufhatte, das er bei seinen Eltern auf ähnlichen Partys so haßte. Aber dann sah er weiter hinten, im Wohnzimmer, eine Traube kleiner Mädchen in Organdy-Röckchen und ernste kleine Jungen in feinen Wollanzügen, und es wurde ihm klar, daß er in eine Kindergesellschaft hereingeplatzt war.

Er stammelte Entschuldigungen und stand verdattert vor der Eingangstür; aufdringlich wollte er nicht sein, aber wieder weggehen wollte er eigentlich auch nicht. Ein kleiner Windstoß blies ein paar Schneeflocken ins Haus. Der Arzt zog ihn herein, zeigte ihm, wo er die Stiefel lassen sollte, und half ihm aus seiner Daunenjacke.

»Hier hinten rein. Mein Arbeitszimmer. Setz dich und wärm dich erst einmal auf. Bin sofort zurück. Sag' nur Madeleine Bescheid und sehe nach, ob sie allein fertig werden kann.«

Es war ein kleines Zimmer mit tiefen Ledersesseln und haufenweise Büchern. Im Kamin lagen Holzklötze, aber es brannte kein Feuer. Mike wanderte auf und ab, blickte auf die Buchtitel, die er aber gar nicht wahrnahm.

Jim Gage kam ohne Papierhütchen zurück. Er ging gleich zum Kamin und hielt ein Streichholz an das Holz. Es waren künstliche Klötze aus chemisch behandeltem, gepreßtem Papier, und sie brannten mit grünen und blauen Flammen sofort lichterloh auf.

»Komm her und setz dich.« Er deutete auf einen der Sessel vor dem Kamin und nahm in dem anderen Platz. »Was ist passiert?«

Mike fing an, sich etwas unzusammenhängend für sein Eindringen zu entschuldigen.

»Vergiß es. Und jetzt erzähl!«

»Ich weiß jetzt, was mir fehlt.« Mike starrte genau in die haselbraunen Augen. Aber Dr. Gages Blick wich ihm nicht aus. Der Arzt betrachtete ihn unbewegt.

»Und was ist dein Befund, Mike?«

»Akute lymphatische Leukämie. Stimmt das?«

»Genau. Haben's dir deine Eltern endlich gesagt? Das hätten sie schon längst tun sollen.«

»Meine Eltern? Sie machen Witze. Nein, das habe ich selbst herausbekommen. Ging zur Bibliothek und hab' rumgewühlt. Der Name des ersten Medikaments hat mich draufgebracht.«

»Vincristin?«

»Ja, das war mein Stichwort. Wieso ist Ihnen das bloß herausgerutscht?«

»Das weiß ich nicht, Mike. Vielleicht hab' ich unbewußt sogar gehofft, daß du es selber findest.«

»Warum haben Sie mir nicht einfach die Wahrheit gesagt? Hätte ich das nicht wenigstens verdient?«

Jim Gage nickte. Er holte seine Pfeife aus der Tasche. Während er den Pfeifenkopf auskratzte, hindurch blies, Tabak einfüllte und leicht mit dem Daumen andrückte, begann er zu sprechen. Er zündete die Pfeife an und sprach zwischen den Zügen weiter.

»Doch. Und ich muß mich entschuldigen. Glaub mir, Mike, es war nicht meine Schuld. Wenn deine Eltern nur... wenn sie mir nur erlaubt hätten, den Fall ehrlich mit dir zu besprechen.«

»Ist ja schließlich mein Leben, das bißchen jedenfalls, was mir davon noch bleibt.«

»Sicher. Und ich respektiere auch dein Recht, es zu erfahren. Jedoch – du bist zwar sehr erwachsen für deine sechzehn Jahre, aber juristisch gesehen bist du noch minderjährig. Sie hatten das Recht, mir die Diskussion deines Falles einfach zu untersagen. Ich hab' wirklich versucht, sie zu überzeugen, das kannst du mir glauben.«

Mike nickte. »Aber da sind Sie gegen eine Mauer aus Stein gelaufen, was? Nein, eher gegen eine aus Schaumstoff. Aber jetzt ... wo ich doch Bescheid weiß ... werden Sie mir jetzt die Wahrheit sagen?«

»Selbstverständlich. Ich muß allerdings deinen Eltern berichten, daß ich mit dir gesprochen habe. Ich hoffe, du hast nichts dagegen?«

»Nein. Vielleicht ist das ganz gut so, ich meine, daß sie wissen, daß ich es weiß. Jim, ich hab' in der Bibliothek eine Menge gelesen. War schwer zu verstehen, aber es hängt, glaub' ich, alles davon ab, welche Zellen betroffen sind. Darum ging's doch bei den Blutproben. Richtig?«

»Im Prinzip, ja.«

»Also dann, dann möchte ich gern wissen, wie's um mich steht und was für Chancen ich habe.«

»Willst du das wirklich wissen? Glaubst du nicht auch, du hast jetzt schon mehr als genug, mit dem du fertig werden mußt, auch ohne dich noch mit einem Haufen von Details zu belasten? Ja, ja, ich hör' dich schon: ›Sprechen Sie nur, Herr Doktor, ich kann alles vertragen.‹ Aber vielleicht schon morgen oder übermorgen, wenn der erste Schock allmählich nachläßt, dann hättest du es am liebsten doch nicht gehört.«

»So schlimm steht's also?«

»Siehst du? Da haben wir's. Ich weiß nicht, was du persönlich unter ›so schlimm‹ verstehst. Ich weiß, welche Art lymphatischer Leukämie du hast. Ich kann die statistische Lebenserwartung nachlesen. Und was nutzt das? Du bist keine statistische Zahl, Mike, du bist ein Mensch. Wenn ich dir mit Sicherheit voraussagen sollte, ob du nach einem Jahr noch am Leben bist oder nach fünf Jahren – also ich kann's nicht, weil ich es einfach nicht weiß.«

»Verstehe.« Mike versuchte zu lächeln.

»Das glaube ich nicht. Die Krankheitserscheinung kann vorübergehend kurzfristig nachlassen – oder vielleicht fünf Jahre lang. Andererseits kannst du nächste Woche wieder in der Patsche sitzen. Oder nächsten Monat. Aber auch das ist noch kein Todesurteil, Mike. Dauernd werden neue Medikamente entwickelt, und täglich wissen wir mehr. Und ich will damit nichts beschönigen, Mike.«

»Okay. Okay. Ich glaub's ja.« Mike fühlte sich plötzlich trotz des Feuers etwas zittrig. »Ich bin hierhergelaufen, ohne mir erst über mich selbst klar zu werden. Vielleicht hab' ich sogar gehofft, Sie würden sagen, ich hätt' mich geirrt. Es wäre gar keine Leukämie. Oder nur irgendeine Abart, die man bestimmt übersteht.«

»Tut mir leid. Ich wünschte, die Wahrheit wäre auch so leicht zu ertragen. Aber kannst du jetzt verstehen, wie es deinen Eltern zumute war? Daß sie nur versucht haben, dich zu schützen?«

Oder sich selbst, dachte Mike, fügte aber in Gedanken hinzu: Es ist nicht ihre Schuld, wenn sie die Wahrheit nicht ertragen. Er kämpfte mit den Tränen. Er starrte ins Feuer und ballte die Fäuste, bis sich die Fingernägel schmerzhaft in die Handflächen bohrten.

»Ich will nicht sterben!« stieß er plötzlich hervor, und er fing an, rauh und gequält zu weinen.

»Niemand will das.« Jim Gage sprach ganz ruhig, als Mikes Schluchzen nachließ. »Aber sterben werden wir alle. Der Zerfall unserer Zellen fängt schon an, bevor wir die Kindheit hinter uns haben. Von da an ist es nur eine Frage der Zeit.«

»Zeit! Ich hab' ja noch gar keine Zeit gehabt, um zu leben. Das ist nicht gerecht...«

»Das Leben ist nicht gerecht, Mike. Auch nicht ungerecht. Es läuft ab, wie es ist. Jedenfalls ein Geschenk, ob für kürzere oder längere Zeit. Es ist vielleicht die Art, wie wir leben, was zählt, die Qualität unseres Lebens und nicht so sehr die Länge.«

»Möchte wetten, den Vortrag haben sie schon hundertmal gehalten«, brachte Mike trotzig hervor. »Sie müssen ihn auswendig können.«

Jim Gage schwieg lange, bevor er antwortete. Dann sagte er langsam, fast widerwillig: »Das ist nicht der Fall. Du bist hier der erste Teenager, den ich als Patient habe. Meine Patienten sind gewöhnlich viel jünger. Kinder im Kindergartenalter oder aus den ersten Klassen.«

»Kleine Kinder?«

»Ja. In dem Alter fängt diese Art von Leukämie gewöhnlich an. Du bist ein Nachzügler.«

»Wie nehmen die es auf?«

»Erstaunlich gut. Ich bin immer wieder überrascht, wie vertrauensvoll und tapfer die kleinen Kerle sind. Wenn man mit denen redet, wird man ganz demütig.«

Mike fühlte sich beschämt und müde und verwirrt, alles in einem. Er stand auf. »Ich will Sie nicht aufhalten. Sie haben die Party da laufen.«

»Keine Sorge deswegen. Bist du in Ordnung? Soll ich dich heimfahren? Mit deinen Eltern sprechen?«

»Nein. Noch nicht. Ich... Mir geht's gut. Ich... muß nachdenken. Ich spreche mit meinen Eltern, später... wenn ich wieder etwas besser beisammen bin.«

Er eilte an den Ballons, den Papierschlangen und dem Singen heller Kinderstimmchen vorbei.

Ich will nicht sterben. Am liebsten hätte er es in den bleiernen, schneeschweren Himmel hinaufgeschrien, den Leuten ins Gesicht, die vorbeihasteten, um schnell vor Feierabend die letzten Weihnachtseinkäufe zu machen.

Ich will nicht, ich will nicht sterben!

6

Ich will nicht sterben! Es war der Schrei, der in seinem Innersten widerhallte, der ihn aus seiner eisigen Erstarrung riß. Sein Gehirn fing wieder an zu arbeiten und sich an Dinge zu erinnern, die er einmal gelernt und dann vergessen hatte.

Taumelnd kam er auf die Füße und schaute durch den vorbeitreibenden Schnee und das sich nun zusammenbrauende Dunkel hinauf zu der großen Fichte, die auf der Böschung über ihm wuchs und mit ihren ausladenden Ästen seine Höhle überschattete. Schon wieder war sie voller Schnee wie eine weiße Pyramide. Auf Händen und Knien kroch er die Böschung hinauf, unter den weiten Fächer der unteren Äste. Neben dem starken Stamm war er auf einmal in eine andere Welt versetzt; hier lag kein Schnee, es war trocken und friedlich. Aber es war ganz finster, und er schützte seine Augen mit der Hand vor stechenden Nadeln. Etwas streifte seinen Handrücken, so etwas wie ein dickeres Spinnennetz. Er griff danach, erwischte eine Handvoll und hielt es sich nahe vors Gesicht.

Es war Flechte – trockenes, widerliches Zeug. Aber er jubelte innerlich auf, als hätte er gerade in einem Ratespiel den Hauptpreis gewonnen. Er erinnerte sich: Flechte wächst wie rauhes, graues Haar auf den Ästen alter Fichten, und als Anmachmaterial gibt es nichts Besseres.

Er pflückte nach Gefühl und sammelte soviel davon ein, wie er bekommen konnte. Dann brach er alle kurzen Äste und toten Zweige ab, die er ertastete. Sie waren so trocken wie im Hochsommer, geschützt unter dem großen Schirm der weit ausschwingenden Äste.

Beide Arme voll mit dem kostbaren Gut, kam er rückwärts unter dem Baum hervor und rutschte durch das Schneetreiben in sein Stubbenloch zurück. Diesmal durfte nichts, aber auch gar nichts mißlingen. Nachdem er den Stapel zu seiner Zufriedenheit aufgebaut hatte, zog er die Handschuhe aus, nahm eine Patrone aus der Brusttasche der Holzfällerjacke und fing an, die Kugel mit größtmöglicher Vorsicht herauszulösen.

Es war hochgefährlich. Der Druck mußte gerade so ausreichen... bloß nicht zuviel. Wenn man zu stark drückte oder die Spitze des Bleikerns zu heftig bewegte, würde vielleicht das Zündhütchen aktiv – von Händen und Gesicht bliebe dann nicht viel übrig. Mit angehaltenem Atem wackelte Mike sehr behutsam an der Kugel. Wenn er bloß nicht so kalte Hände hätte...

Da! Die Kugel war draußen, in dem offenen Mantel war die Pulverladung. Er klopfte sie sanft über dem ganzen Stapel aus und zog von dessen Mitte eine Zündspur aus Pulver zu sich hin. Er gab sich große Mühe dabei, wie ein perfekter Koch, der eine Speise meisterlich würzt. Keine Hast diesmal. Die leere Patrone warf er in den Schnee.

Wieder nahm er das Feuerzeug hervor. Er zielte mit dem Feuerstein auf die Zündspur und rieb die Klinge scharf am Stein entlang. Es gab einen gewaltigen Funken, aber der Wind erfaßte ihn und peitschte ihn hinweg. Er ging nun näher heran und hielt sein Gesicht so weit wie möglich im Hintergrund; er hatte keine Ahnung, was passieren würde, wenn es wirklich zündete.

Abermals schlug er die Klinge gegen den Stein und gab dem Feuerzeug am Ende noch eine kleine Drehung. Der Funken sprang genau auf die Zündspur. Sie zischte auf. Goldene Funken flogen in alle Richtungen. Da war eine heiße Flamme und Rauch, und es roch wie beim Feuerwerk. Die graue Flechte flammte auf. Krachend ergriff das Feuer den ganzen Holzstoß.

Mit bebenden Händen steckte Mike die Klinge wieder in den kleinen Schlitz zurück und verstaute das Feuerzeug in seine Tasche. Wieder hielt er das Feuer in Gang. Er legte mehr Holz auf, stand dann auf und schlug von all den Ästen, die möglicherweise gefährlich werden konnten, den Schnee herab, um sein kostbares Feuer vor Lawinen zu schützen.

Er füllte die Aluminiumschachtel wieder so oft mit Schnee auf, den er schmelzen ließ, bis er eine gute Tasse voll zusammen hatte. Da waren Teebeutel im Überlebens-Set. Tee war natürlich besser als Suppe, um wach und frisch zu bleiben. Daran hätte er vorhin schon denken sollen.

Der Wind ließ spürbar nach. Der Schnee fiel nun ganz

gerade herab, dicke Flocken mit schönen sechseckigen Kristallen. Das bedeutete, daß die Temperatur anstieg. Er schlürfte den Tee so heiß, wie er es vertragen konnte. Es war ihm immer noch, als wäre er innerlich mit Eis ausgefüllt, und vor Hunger wurde ihm fast übel. Er legte Holz nach, trank den heißen Tee und malte sich schon aus, was für ein üppiges Mal er sich im Lager kochen würde.

Die menschliche Natur ist eigenartig. Er hatte sich in die Swan-Berge geflüchtet mit der noch vagen Vorstellung, daß er wahrscheinlich nicht mehr heimkehren würde, wenn er seinen Hirsch nicht bekäme. Auch die Möglichkeit, den Tod durch einen unachtsamen Jäger zu erleiden, hatte er spielerisch in Erwägung gezogen. Aber im entscheidenden Augenblick gewann das Leben wieder die Oberhand.

Immer gewinnt das Leben die Oberhand, stellte er fest. Nicht daß der Tod nicht auch eine Realität wäre, natürlich war er das. Nur weil Dad und Mutter ihn so hartnäckig zu leugnen suchten, wurde er deswegen kein bißchen weniger wirklich.

Andererseits, wäre man stark genug, den Tod bewußt zu erwarten, dann könnte das Leben vielleicht noch an Wirklichkeit gewinnen. So etwa werden wohl auch die kleinen Kinder mit dem Problem fertig, die anderen Patienten von Dr. Gage. Nur verloren die keinerlei Zeit und Kraft, darüber lange zu grübeln und das alles in Worte zu fassen. Sie machten einfach weiter und lebten es aus. Mike wußte nicht, was sich diese Kinder unter »Leben« vorstellten, aber für ihn war es der Traum, seine Trophäe zu erringen. Und mit Doug hatte alles angefangen...

Doug hatte ihm beigestanden. Als Mike am Mittwoch vor Weihnachten von Dr. Gage nach Hause gekommen war, hatte er den Eltern gleich reinen Wein einschenken wollen. Jawohl, Leukämie. So. Mußte sich ja nicht so schlimm anhören. War ja noch kein Todesurteil. Nicht unbedingt. Jim Gage hatte ihm das mit der Remissionsphase erklärt –

das vorübergehende Aussetzen der Krankheitserscheinungen – und wie gut es sei, daß er sich jetzt in einer befinde, obwohl das mit Heilung nichts zu tun hatte. Er mußte jetzt uneingeschränkt und voller Hoffnung leben. Und das ist auch möglich, liebe Eltern, mit eurer Hilfe, wenn wir alle zusammenhelfen...

Aber der Mut verließ ihn im Augenblick, als er ins Zimmer trat.

»Da bist du ja, Mike. Ich hab' mir schon Sorgen gemacht. Wo bist du gewesen? Mrs. Holden hat dir dein Abendessen warmgehalten.«

»Seid ihr denn heute abend nicht zu Hause, Dad und du?«

»Da ist doch die Betriebsweihnachtsfeier, du erinnerst dich doch?« Die Enttäuschung war ihm vom Gesicht abzulesen. »Dad muß natürlich hingehen. Aber wenn du willst, bleib' ich hier.«

Warum hatte er nicht Ja gesagt? Da hätten sie sich in aller Ruhe aussprechen können. Als sie weg waren und er sein Abendessen beendet hatte, schlich er unglücklich in der ganzen Wohnung herum. Er hätte sich ohrfeigen können, daß er die Sachen auf später verschoben hatte. Ihnen warf er vor, daß sie das dauernd machten, und jetzt tat er es selbst.

Am nächsten Morgen rief Doug an, und Mike sagte spontan: »Können wir uns treffen?«

»Klar.«

»Dann also in einer halben Stunde in der Kaffee-Bar.«

Sie saßen vor Doughnuts und ihrem Kaffee, und Mike erzählte Doug alles. Es war ganz gut, an einem neutralen und belebten Ort zu sein, und zum erstenmal darüber zu sprechen. In einer vollbesetzten Kaffee-Bar bricht man nicht so leicht heulend zusammen. Mike blickte fest auf die Tischplatte, während er sprach. Er sah von Doug nur die Hände, die eine Doughnut über den ganzen Tisch zerkrümelten.

»Hei«, sagte Doug, als Mike fertig war, »bin ich froh,

daß du's mir erzählt hast. Das ist ja ein Scheißpech, was du hast. Mensch, das tut mir leid.«

Mike nickte. Sein Gesicht war ganz steif, wie eingefroren, aber er verzog es zu einem Grinsen. Er räusperte sich. »Meinen Eltern hab' ich noch nichts gesagt.«

»Hm? Daß du's jetzt weißt?«

»Ich wollte es schon gestern abend sagen, und dann hab' ich kalte Füße gekriegt.«

»Diese Remission ... ist das so wie geheilt?«

»Nein. Sie müssen dauernd das Blut untersuchen. Wenn ich so fünf Jahre lang sauber bin, dann bin ich fast so gut wie geheilt.«

»Daran wollen wir mal festhalten.«

»Ja. Aber keine faulen Spielchen mehr. Wir machen uns nichts mehr vor.«

»Kein Beschiß mehr, versprech' ich. Das ist wahrscheinlich der Haken mit deinen Eltern.«

Mike nickte und stand auf, um sich Kaffee nachzuschenken. »Genau.«

»Du mußt jetzt hingehen und es ihnen einfach sagen.«

»Ja.« Mike zögerte. »Heute ist Weihnachtsabend. Ich warte, bis Weihnachten vorbei ist.«

»Dann sagst du's?«

»Bestimmt.«

Am Freitag war Weihnachten. Er kam erst am Sonntag dazu, mit ihnen zu sprechen. Ein gemütliches spätes Frühstück. Mrs. Holden hatte sich Urlaub genommen, und Mikes Vater hatte im Wohnzimmerkamin Feuer gemacht, während seine Mutter Waffeln backte.

Er biß ein Waffeleckchen ab und nahm einen Schluck Kaffee.

»Wißt ihr«, fing er vorsichtig an, »wenn diese Remission noch bis August anhält, dann könnten wir uns doch eigentlich einen Wohnwagen mieten und zusammen Camping-Ferien machen, das wär' doch eine tolle Sache.«

Es dauerte eine Weile, bis es eingesickert war. Sie

schauten ihn starr an. Seine Mutter erbleichte. Sein Vater setzte seinen Kaffeebecher auf einem Lacktisch ab.

»Wir könnten zum Pacific Rim Park rüberfahren, vielleicht sogar runter nach Washington, das wär' doch was«, fügte er hinzu.

»Ja, warum nicht?« sagte seine Mutter langsam. »Was meinst du, George.«

Der Vater gab keine Antwort. »Hat Dr. Gage mit dir gesprochen?«

»Ich habe mit ihm gesprochen. Ich habe ganz allein herausbekommen, daß ich Leukämie habe, und ich hab' mir von ihm die Einzelheiten sagen lassen.« So, jetzt war es ausgesprochen. Er fühlte sich plötzlich viel wohler. Er nahm einen Schluck Kaffee. »Mam, ich könnte noch ein paar Waffeln brauchen.«

»Du platzt noch.« Sie lächelte, aber nur mit den Lippen. Ihre Augen waren voller Angst. Sie brauchten natürlich eine Weile, um sich daran zu gewöhnen, mit ihm offen zu sprechen; er mußte ihnen Zeit lassen.

Aber es war wirklich eine Erlösung, nach Neujahr wieder zur Schule gehen zu können. Ihm war, als machte er jetzt da weiter, wo er im Oktober aufgehört hatte. Er war nicht mehr bei den Klassenbesten, dafür hatte er zu viel versäumt, aber das machte nichts. Denn es gab den Jagdclub, Kino und Pizzas, Schlittschuhlaufen und Kegeln. Die Zeit verging im Fluge. Und endlich wuchs auch sein Haar nach. Er ging zu den Tanzfesten der Schule, aber mit niemandem verabredet. Er hatte sich vorgenommen, sich nicht mehr irgendwo hineinziehen zu lassen. Noch nicht. Nicht, bevor er sich nicht wirklich ganz sicher fühlte.

Für Februar hatte die Klasse einen Skiausflug nach Jasper geplant.

»Kommt nicht in Frage«, sagte sein Vater, als er das Einwilligungsformular nach Hause brachte.

»Sind doch nur vier Tage, Dad. Ich zahl' auch, was es kostet.«

»Rede doch keinen Unsinn. Als ob es mir ums Geld ginge.«

»Aber dann...?«

»Es geht um deine Gesundheit. Ich will nicht, daß du...«

»Und dabei ist mein letztes Blutbild so gut gewesen.«

»Ich weiß.«

»Na also dann...«

Aber sein Vater schüttelte nur den Kopf und gab nicht nach.

Dann legte er seiner Mutter das Formular vor, aber vergeblich. Er rief Dr. Gage an, der seine Eltern anrief. Er bettelte und war trotzig. Aber schließlich mußte er zu Hause bleiben, während alle anderen seiner Klasse nach Jasper fuhren.

»So kann das nicht weitergehen«, erklärte er, »ich muß mein eigenes Leben leben.«

»Wir wissen am besten, was gut für dich ist –«, an diesem Satz kam er nicht vorbei.

Genauso gut kann man auch tot sein, dachte er mit Bitterkeit, aber dann nahm er den Gedanken schleunigst zurück: War nicht so gemeint, ehrlich. Für den Fall, daß jemand ihm zugehört hätte.

Im März verkündete Dr. Gage, daß die Leukos angestiegen und die Thrombozyten abgesunken seien. Daß, mit anderen Worten, die bisher genommenen Tabletten keine Wirkung mehr zeigten.

»Aber wir haben noch viele Arzneimittel in unserem Arsenal, Mike«, sagte er aufmunternd. »Wir probieren sie alle aus, und zwar auch kombiniert, bis wir das Richtige finden.«

Es war, als würde man erst aus dem Gefängnis freigelassen, begnadigt und plötzlich erneut verurteilt. Als die Schwester an der Aufnahme das Namensplättchen an seinem Handgelenk befestigte, konnte er fast die Gitterflügel hinter sich zufallen hören. Dabei fühlte er sich wirklich gut in Form, das machte es noch schlimmer. Es war ganz bestimmt ein Irrtum.

Aber nicht lange fühlte er sich so gut. Die Mittel, die sie diesmal ausprobierten, machten ihn ganz krank. Die Tage, die er im Krankenhaus verbringen mußte, schienen nie zu Ende zu gehen, mit Arzneimitteln, die Übelkeit erregten, und Mahlzeiten, die er zu essen versuchte, aber nicht herunterbringen konnte.

Jim Gage schien immer da zu sein, wenn man ihn brauchte. Er erklärte Mike, was die Tabletten bewirkten und was mit den weißen Blutkörperchen vor sich ging. Es war wirklich wie ein Krieg. Zwischen guten und bösen Kräften, die verschiedene Strategien entwickelten, um sich zu besiegen. Darüber nachdenken zu können, war schon eine kleine Hilfe. Doch am Ende war er in seiner nachtschwarzen Dunkelheit allein. Es war seine Nacht, die ihn umgab, und da war niemand, der zu ihm hätte durchdringen können. Wenn er nur mit seinen Eltern aufrichtig sprechen könnte. Jetzt müßte es eigentlich möglich sein. Aber warum hörten sie einfach nicht zu, wenn er etwas sagte...?

»Mam, es tut mir leid.«

»Was denn, Mikey?«

»Ich war so grob zu dir, damals, als mir das Haar ausfiel. Es war gemein von mir.«

»Denke nicht daran, Liebling. Ist nie passiert.« Sie küßte ihn auf die Stirn, aber er zuckte zurück. Was denn, es war eben doch passiert! Wie könnte er das vergessen? Es blieb noch soviel zu sagen, für den Fall, daß er...

»Hör mal, Dad, wenn ich es diesmal nicht schaffe...«

»Red nicht so dummes Zeug. Natürlich schaffst du es.«

»Aber wenn! Ich wollte dir nur noch sagen... ich hab's nie gesagt... ich hätte mich wirklich angestrengt, um auf die Uni zu kommen. Vielleicht um Anwalt zu werden, damit du stolz sein kannst auf mich.«

»Und das schaffst du, Mike. Auch die Universität. Mach dir keine Sorgen.«

Wie konnte er sie da bitten, ihm zu helfen, wenn er gegen seine Nacht ankämpfte, da sie diese Nacht einfach nicht wahrhaben wollten?

Eines Abends tauchte Doug auf. Gott weiß, wie er sich hereingemogelt hatte. Aber da stand er nun, rot im Gesicht, von einem Ohr zum anderen grinsend, in seinen Händen das gigantischste Paket, das Mike je gesehen hatte.

»Wie bist du denn...? Und was zum Teufel hast du da?«

»Ist für dich. Aber vielleicht nicht hier. Die Schwestern kriegen einen Anfall. Nur ein bißchen, damit du dich schon freuen kannst.«

»Was ist es denn?«

»Nun wart mal.« Doug ließ das Paket aufs Fußende fallen, wo es beinahe Mikes Bein zerschmetterte. Er fing an, die Schnur aufzuknoten, die er meterlang um das Paket herumgeschlungen hatte.

»Okay. Nur Geduld.« Er machte das Papier auf. »Dadadadaaah!«

»Mensch!« Mike starrte auf den präparierten Kopf eines Schwarzwedelhirsches, eines Achtenders mit einer Auslage von fünfzig Zentimeter. »Deiner? Wirklich? Wann denn? Und wie?«

»Das letzte Wochenende im November. Als du nicht mitkommen konntest. Ich wollte dich schon zu Weihnachten damit überraschen, aber es hat so lang gedauert, ihn zu präparieren. Gefällt er dir?«

»Der ist toll, Mann.«

»Gehört dir.«

»Hm-hm.« Mike schüttelte den Kopf. »Kommt nicht in Frage. Du hast ihn geschossen, nicht ich. Aber dank' dir fürs Angebot.«

»Bist du sicher?«

»Na klar. Wenn ich mal eine Trophäe an der Wand habe, dann meine!«

Doug schaute etwas erleichtert drein.

»Wird sich doch gut machen im Hobby-Raum, was meinst du? Meine Mutter will ihn nicht im Wohnzimmer haben. Dabei ist es wahrscheinlich der größte, den ich je kriege.«

»Der ist ja riesig. Eine Rekord-Trophäe?«

»Schön wär's. Aber für die Swan-Berge schon sehr gut.«

»Die Stelle, die wir uns auf der Karte angesehen hatten?«

»Ja. In der Nähe vom Freeman. War schwer ranzukommen mit dem alten Kombiwagen. Dad spart jetzt auf einen geländegängigen. Den kriegen wir nächstes Jahr.«

Nächstes Jahr. Gequält schloß Mike die Augen. »Weiter!« Er zwang sich zu einem Grinsen. »Erzähl mir genau, wie es gewesen ist.«

»Also, am Donnerstag haben wir kein Stück gesehen. Aber viele Spuren. Am Freitag dann fand Dad eine kleine Anhöhe, viele Bäume drauf, aber nicht so dicht wie das Gestrüpp drum herum. Spuren kreuz und quer. Da haben wir uns den ganzen Tag versteckt und wieder nichts gesehen. Und gerade vor Sonnenuntergang, wenn die Hirsche sich wieder aufmachen, kommt doch da ein Eichhörnchen und entdeckt uns.«

»Und das Spiel ist aus?«

»Klar. So einen Krach hast du in deinem Leben noch nicht gehört. Wir konnten uns nur noch halb erfroren zum Lager schleppen.«

»Ihr müßt doch geplatzt sein vor Wut.«

»Unsinn. Dad sagte, gehört alles dazu. Wenn du keine Geduld hast, kannst du's gleich vergessen. Jedenfalls, wir waren kaum wieder aufgetaut und satt, da lagen wir schon in der Falle. Und jetzt kommt was Komisches.« Doug lehnte sich am Bettrand zurück und senkte die Stimme. »Am Morgen werde ich ganz früh wach. Noch kein Schnee, aber so kalt, daß dir der Hintern abfriert. Also ich krieche raus, kann die Sterne noch sehen, aber es wird schon heller.«

»Okay. Okay.«

»Gleich. Gleich. Das ist wichtig. Ich hab' rausgeguckt und einfach gewußt, das ist mein Glückstag, da wartet irgendwo mein Hirsch auf mich. Komisch, he? Also ich zieh' mich an ohne Dad zu wecken, und geh' an die gleiche Stelle zurück.«

»Und das alte Eichhorn?«

»War nicht da. Ganz still alles, kannst dir gar nicht vorstellen, wie still. Ich verstecke mich, Atem angehalten, und mir wird's kälter und kälter. Nach einer Weile denke ich, was will ich eigentlich hier, Mann, ich könnte doch im warmen Schlafsack liegen. Aber trotzdem. Es wird immer heller, fast Sonnenaufgang. Der Hintern war mir zugefroren, kein Gefühl mehr in den Beinen. Und da denk' ich, Mensch, ich muß mir jetzt Bewegung machen, sonst erfriere ich, und in diesem Moment...« Er machte eine dramatische Pause.

»Was denn? Was denn?«

»Schlendert doch da mein Hirsch raus, ganz lässig.«

Mike erschauerte. »Hast du ihn deutlich gesehen?«

»Nicht gleich. Nur so eine Bewegung. Grau und braun, weißt du, wie die Bäume. Nur zuckendes Ohr. Aber ein Schwarzwedelhirsch, einwandfrei. Ich starre jetzt durch mein Zielfernrohr und muß zwinkern, weil mir die Augen tränen. Und da kommt dieser Kopf hoch, und ich seh' das Geweih. O mannomann. Also ich steh' da und rühr' mich nicht. Und da steht er, nicht beunruhigt, aber auf dem Sprung, weißt du, sofort bereit, abzuhauen. Ich ziele aufs Blatt, atme ein und ganz langsam wieder aus und drücke ab. O Mann, was für ein Gefühl.«

»Gleich sauber getroffen?«

»Nicht mal eine Rippe gestreift. Ist gleich umgekippt, und ich strampele durchs Gebüsch, um hinzukommen. Da höre ich doch diesen furchtbaren Krach, wie wenn ein Grizzly durchs Dickicht bricht. Da denk' ich, hier geh' ich nicht weg, und kein blöder, alter Grizzly nimmt mir meinen Hirsch weg. Ich stell' mich drüber, Gewehr im

Anschlag, Schloß gespannt – und wer kracht da durch die Büsche?«

»Kein Bär?«

»Hm-hm. Mein Daddy! Und er brüllt: ›Nicht schießen, du Affe, ich bin's doch!‹ Also ich sichere und nehm' das Gewehr runter, und Dad schnappt mich, umarmt mich und haut mir auf den Rücken, mißt das Geweih aus und haut mir nochmal auf den Rücken. Was haben wir beide für einen Krach gemacht! Na ja, wir haben uns dann gefangen und den Kerl zum Lager geschleift, gehäutet und zerlegt. Das war vielleicht ein Triumph, Mutter das ganze Fleisch zu übergeben. Wir essen bis heute noch Hirsch-Steak und Hamburger.«

»Was ist mit dem Fell?«

»Wir haben's gerben lassen. Genug Zeug für ein Paar kniehoher Stiefel.«

»Du alter, stinkender Glückspilz, du.«

»Das bin ich.«

Als Doug gegangen war, faltete Mike die Hände hinter seinem Kopf und malte sich aus, wie das wäre, wenn er durch das Fernrohr seiner schönen neuen Büchse seinen Hirsch sähe – es sollte ein Weißwedel sein, brauchte ja nicht alles so zu sein wie bei Doug. Aber wozu diese Träume. Selbst wenn es ihm im kommenden November wieder besser ginge, würden seine Eltern Mr. O'Reilly niemals erlauben, ihn mitzunehmen, selbst wenn Dougs Vater alle Verantwortung auf sich nähme.

Aber trotzdem ... da lag er und träumte von seiner eigenen und ganz besonderen Pirsch. Vielleicht sollte er sich heimlich und ganz allein aufmachen. Die würden nicht schlecht staunen, wenn er mit einem Prachtgeweih heimkäme. Mit Doug würde es allerdings mehr Spaß machen. Außerdem brauchte er ihn, um beim Häuten mitzuhelfen ...

Es war ein schöner Traum, und ganz langsam, genußvoll, schmückte er ihn in aller Ruhe mit Einzelheiten aus, mit Sachen, die er über die Wildnis gelernt und von Doug und im Jagdclub gehört hatte. Der Traum drängte das nachttiefe Dunkel zurück, und schließlich schlief er ein und schlief in einem durch bis zum Frühstück am nächsten Morgen, und das war ein Rekord.

Aber der übrige Tag verlief nicht so gut. Seine Leuko-Werte waren viel zu hoch. Die neue Behandlung brachte nicht die erwarteten Resultate. Dr. Gage sah etwas enttäuscht aus, sprach aber schon wieder über einen neuen Versuch.

Am Abend versuchte Mike etwas von seinen Eltern über die neue Behandlung zu erfahren. »Hat euch Dr. Gage gesagt, was er jetzt ausprobieren will?«

»Er hat was erwähnt.« Sein Vater trat von einem Fuß auf den anderen und zupfte nervös am Krankentisch herum.

»Ich weiß nicht, was er dann tun will, wenn das auch nicht klappt.« Mike sprach jetzt aus, was ihm den ganzen Tag schwer auf der Seele gelegen hatte.

»Es wird schon klappen. Er ist ein guter Mann, Mikey.« Seine Mutter legte ihre Hand auf seine. Eine tröstliche Bewegung. Sprich zu mir, wollte er sagen, bitte Mam.

»Nun hör endlich auf so herumzuzappeln, George«, entfuhr es ihr plötzlich. Mann und Sohn starrten sie an. Bestürzt sagte sie: »Es tut mir leid. Ich wollte nicht...« Ihre Lippen zuckten, und sie preßte sie aufeinander und lächelte. Streichelte Mike die Hand. Aber das Gefühl der Geborgenheit war vergangen, Schweigen hüllte sie ein, und in dessen Gefolge rückte das nachtschwarze Dunkel heran.

Vor lauter Verzweiflung erzählte ihnen Mike jetzt von Dougs Besuch und seiner Trophäe und redete drauflos, um das Schweigen zu durchbrechen.

»...und nächsten November will ich selber einen Weißwedelhirsch erwischen. So einen Prachtkerl. Das wäre doch toll, Dad, wenn du dir Urlaub nimmst und mit mir und den O'Reillys kommst. Das würde dir Spaß machen, ganz bestimmt.«

»Aber Mike!« Die Stimme seiner Mutter zitterte. Dann

lachte sie und fügte hinzu: »Ihr Männer mit eurer Jagd...«

»Nein, Mam, ehrlich. Also wie wär's Dad? Wär' das nicht prima?«

»Ja, ja.« Mike merkte, er hatte nicht einmal zugehört. »Was war das da mit Doug? Er hat dich besucht? Hier dürfen nur Familienangehörige hinein.«

»Na, Doug gehört doch fast zur Familie, oder?« Mike zwang sich zu lächeln.

Am nächsten Morgen fing die neue Behandlung an. Sie war noch schlimmer als die vorige. Schon beim Anblick des Essenstabletts mußte Mike sich übergeben. Gegen Abend stieg seine Temperatur an, und seine Knochen taten ihm so weh, als hätte man heißes Blei hineingepumpt.

Seine Eltern kamen nur ganz kurz vorbei.

»Hallo Liebling. Dr. Gage sagt, es ginge ganz gut.«

»Steh's durch, Junge, gib nicht auf!«

Aber ihre Gesichter verrieten sie. Sie glaubten nicht, daß er am Leben bliebe, das war deutlich zu sehen. Wollte er es denn selbst? War es die Schmerzen wert? Er hätte sie alle anschreien können, Dr. Gage, die Schwestern, jeden, sie sollten ihn in Ruhe lassen... ihn allein lassen...

In dieser Nacht war das Dunkel schlimmer als je zuvor. Es drang von allen Seiten auf ihn ein und riß an ihm wie ein Bär am Hals eines Hirsches. Reglos lag er da mit geballten Fäusten, aber schließlich wurde die Angst so überwältigend, daß er es keine Sekunde länger aushalten konnte, und er kroch aus dem Bett und taumelte in den weißen Krankenhauskorridor, wo die Nacht niemals eingelassen wurde.

In einer Nische, nicht weit von seiner Tür entfernt, war ein Telefon. Er lehnte sich gegen die Wand und wählte Dougs Nummer. Er hatte keine Uhr, aber es mußte schon sehr spät gewesen sein. Das Telefon schellte lange. Schließlich hörte er Doug, den er offenbar aus dem Schlaf gerissen hatte.

»He?«

»Doug, ich bin's ... Mike.«

»Mike!« Aus dem Ausruf wurde ein Flüstern. »Mike, was ist los? Weißt du, wie spät es ist?«

»Nein. Hab' ich dich geweckt? Tut mir leid. Ich konnte nicht schlafen. Ich mußte einfach mit einem Menschen sprechen ...« Plötzlich fehlten ihm die Worte, um auszudrücken, was ihn bedrängte. Ein enger Ring legte sich ihm um die Brust, eine Faust drückte ihm die Kehle zu, und er fing an zu weinen. Gegen die Wand gelehnt stand er da und schluchzte.

Er hörte Dougs Stimme. »Mike! Mike! Was ist los?« Aber er konnte nicht antworten. Er hängte auf und schwankte den Korridor entlang zu seinem Zimmer, wo ihn die Nachtschwester abfing und ausschimpfte; sie ließ ihn eine Tablette einnehmen, die ihn für den Rest der Nacht in den Schlaf riß.

Am nächsten Tag war die Behandlung noch genauso schlimm, aber diesmal wußte er schon, was ihn erwartete, wenn nicht noch Schlimmeres hinzukam. Der Tag verging wie ein endloser böser Traum, und als der Abend kam, war ihm, als sei er unendlich weit von der Welt der Wirklichkeit entfernt.

Sein Vater und seine Mutter saßen geisterhaft neben seinem Bett, sahen ihn an und redeten. Aber was sie sagten, ergab irgendwie keinen Sinn.

»Wo ist Doug? Ich will Doug sehen.« Doug war ein Teil der wirklichen Welt. Ihn konnten sie nicht auch in einen Geist verwandeln, oder?

Aber Doug kam nicht. Prüfungen, sagte sein Vater. Für eine Prüfung lernen? Hatte sein Vater das wirklich gesagt? So etwas Unwichtiges würde Doug niemals von Wichtigerem abhalten. »Sagt ihm, daß ich ihn sehen muß. Bitte. Es ist ganz dringend.«

Offenbar hatte er die Augen geschlossen oder war für

eine Weile in Gedanken abgeglitten, denn als er sie wieder aufmachte, war das Zimmer leer, und jemand hatte die Vorhänge zugezogen, um die Nacht auszuschließen. Er war wieder ganz bei sich und konnte normal denken. Er machte die Leselampe an und sah auf die Uhr über der Tür. Erst sieben. Gut. Es war noch Besuchszeit. Doug würde schon kommen. Er lag im Lichtstrahl seiner Leselampe. Der Schein auf seinem Bett war wie eine kleine weiße Insel in einem Meer der Finsternis. Eine leere Insel...

Er beobachtete die Tür. Fußschritte kamen näher, und er stützte sich schon auf einem Ellbogen auf. In seinem Kopf ging es etwas durcheinander. Die Fußschritte hallten vorbei. Na ja, immer noch Zeit genug. Der Minutenzeiger ruckte über das weiße Zifferblatt. Eine Runde nach der anderen. Fast acht Uhr. Wahrscheinlich hatte er den früheren Bus versäumt. Dieser dämliche Hund versäumt doch immer Busse. Kein Zeitgefühl, der Kerl.

Die Tür flog auf. Aber es war nur eine Stationshelferin mit einem Wägelchen mit Säften und Milch. Das Begrüßungslächeln in Mikes Gesicht verflog. »Sie kommen doch sonst erst, wenn die Besuchszeit vorbei ist«, sagte er.

»Stimmt.« Sie schaute auf die Wanduhr. »20 Uhr 1. Was möchten Sie? Apfelsaft, Limonade, Orangeade...?«

Er schüttelte den Kopf, und sie ging. Die Tür zu seinem Gefängnis fiel ins Schloß. Genau das war es. Ein Gefängnis.

Er legte sich zurück und streckte den eingeschlafenen Arm, auf den er sich gestützt hatte. Wie spindeldürr sein Handgelenk jetzt aussah. Gehörte ihm auch nicht mehr. Gehörte dem Krankenhaus. Alles an ihm gehörte dem Krankenhaus, und sie konnten damit machen, was sie wollten. Die Plastikmarke an seinem Arm stellte die Besitzverhältnisse klar. Bevor die Marke nicht abkam, war er kein freier Mensch mehr.

Warum war Doug nicht gekommen? Sein Vater, Mikes Vater, hatte es nicht erlaubt. Die Antwort kam ihm ganz spontan. Na klar, so mußte es sein, das wußte er genau. Und er konnte überhaupt nichts dagegen tun.

Die Nachtschwester kam herein, um ihn für die Nacht zu betten, und er forderte Auskunft. »Ich hatte nach Doug verlangt, einem Freund von mir. Warum ist er nicht gekommen?«

Sie ging ins Stationszimmer, um nachzufragen. »Nur Familienangehörige«, erklärte sie.

»Wer hat das gesagt?« Er richtete sich auf. »Dr. Gage oder mein Vater? Ich könnte wetten, es war mein Vater.«

»Tut mir leid, ich weiß es nicht.« Sie machte das Licht aus und ließ ihn im Dunkeln zurück.

Mike legte sich zurück und dachte an seine Gefangenschaft. Sein Ärger hielt die Dunkelheit in Schach. Als die Nachtschwester Stunden später hereinschaute, hielt er die Augen geschlossen, so daß sie ihn eingeschlafen glaubte. Als sie weg war, machte er die Augen wieder auf und starrte grimmig in das Dunkel, das vor seinem Blick zurückwich. Er dachte nach.

Vor der Behandlung bekam er kein Frühstück. Nur ein Glas Wasser und ein paar Tabletten, um der Übelkeit entgegenzuwirken. Aber er lehnte sie ab.

»Aber das müssen Sie nehmen«, sagte die Schwesternschülerin nervös. »Das steht auf dem Krankenblatt.« Er schüttelte nur den Kopf.

Etwas später rauschte Miß MacGillivary herein, die resolute Oberschwester. »Was soll der Unsinn, Michael?«

»Kein Unsinn. Ich habe beschlossen, die Behandlung abzubrechen.«

»Dummer Junge. Du willst doch gesund werden, oder nicht?«

»Können Sie mir das garantieren?« Er sah sie scharf an. Du kannst das System bekämpfen, dachte er, und der Gedanke tat ihm wohl.

Sie sah ihn fest an. »Du weißt, es gibt keine Garantien. Aber wir tun, was wir können.« Nicht so übel, diese alte Ziege.

»Ich weiß. Es geht nicht um Sie. Aber ich hab' mal nachgedacht und finde, es ist die Sache nicht wert.«

»Du gibst auf? Ein großer Junge wie du?«

»So ist es.« Er starrte ihr herausfordernd in die Augen.

»Ich werde das Dr. Gage melden müssen.«

»So ist es.« Erste Runde für ihn.

Gegen neun kam Dr. Gage und setzte sich am Fußende auf den Bettrand. »Wie heißt das Spiel?« Er zwickte Mike in die Zehen.

»Weiß nicht, was Sie meinen.« Mike brachte seine Füße in Sicherheit.

»Ach komm. Du bestehst doch immer auf der Wahrheit. Also: Wahrheit gegen Wahrheit. Du bist kein Drükkeberger, was willst du bezwecken?«

»Ich muß Doug sehen. Ich hab' ihn gestern ... nein, vorgestern nacht angerufen. Er wäre natürlich gekommen. Haben Sie das verhindert?«

Jim Gage schüttelte den Kopf.

»Also waren es doch meine Eltern. Ich wußte es. Warum tun sie mir das an?«

»Na hör mal. Du weißt, daß sie dich liebhaben.«

»Komische Art, das zu zeigen.« Mike verzog den Mund. Er schluckte und mußte blinzeln. »Warum hassen sie Doug?«

»Hassen? Ach Mike, bleib auf dem Boden. Nicht so große Worte. Sie hassen ihn doch nicht. Sieh mal, du mußt wissen, daß deine Eltern schreckliche Angst um dich haben. Sie wollen nur eines – dich schützen.«

»Die sind doch überzeugt, daß ich sterbe, nicht wahr?« Mike sah dem Arzt in die Augen.

Jim Gage erwiderte den Blick mit seinen klaren braunen Augen. »Ja, das sind sie. Aber das heißt nicht, daß es so ist. Es gibt Eltern, nicht viele, aber manche, die können und wollen einfach nicht glauben, daß gerade ihr Kind Leukämie hat. Wenn sich dann die Tatsachen so unübersehbar vor ihnen auftürmen, daß sie sich nicht länger täuschen können, verfallen sie ins gegenteilige Extrem. Das heißt nicht, daß sie dich nicht lieben. Im Gegenteil. Sie verbieten sich nur jede Hoffnung, damit eine mögliche Enttäuschung sie nicht so schrecklich trifft.«

Mike merkte, daß er schwitzte. Er wischte sich mit der Hand übers Gesicht. »Komische Art zu lieben«, wiederholte er.

»Sicher. Menschen sind komisch. Es gehört mit zum Erwachsenwerden, daß man das hinnimmt. Und zwar mit Nachsicht.«

Mike nickte. »Okay. Aber ich muß Doug sprechen. Er gehört zur wirklichen Welt. Und da will ich wieder hin, verstehen Sie?«

»Sehr gut.« Jim Gage legte seine Hand mit herzlichem Druck auf Mikes Hand. »Ganz in Ordnung. Ich verstehe dich. Ich bin auf deiner Seite. Solange keine Infektionsgefahr besteht, glaube ich, daß es für dich besser ist, wenn du mit Leuten in Berührung kommst.«

»Aber Eltern wissen's natürlich immer am besten.« Er brachte ein Grinsen zustande.

Jim Gage nickte.

»Also gut.« Mike fühlte sich sehr müde, aber es schien jetzt zu klappen. »Ich verweigere die weitere Behandlung, bis Doug mich wieder besuchen darf.«

»Noch bist du minderjährig. Deine Eltern könnten darauf bestehen...«

»Ich sehe vielleicht aus, als hätten sie mich gerade durch die Mangel gedreht, aber ich kann Ihnen sagen, notfalls werde ich mich noch schlagen wie der Teufel.«

Jim Gage stand lächelnd auf. »Das glaub' ich dir aufs Wort. Keine Angst. Ich rufe sie an.«

Eine Stunde später kam sein Vater. »Mike, was erlaubst du dir da? Kannst du dir vorstellen, wie sich deine Mutter aufgeregt hat?«

Jetzt soll ich mich schuldig fühlen, dachte Mike. Hör auf, Mutter als Waffe gegen mich einzusetzen. Sei stark, Dad, bitte, ich brauche deine Kraft.

Laut sagte er: »Es tut mir leid. Aber ich muß das machen.«

»Warum? Du mußt nur eines, die Behandlung annehmen.« Er rückte so nahe heran, als wollte er ihn berühren. »Ohne die Behandlung hast du keine Chance. Dann ...« Er hielt inne. Sein Satz verhallte, aber was er sagen wollte, schwang unausgesprochen noch nach. Mike streckte die Hand aus, um seines Vaters Hand zu erreichen.

»Ohne sie werde ich sterben. Das ist doch nicht so schwer auszusprechen, Dad?«

»O Gott.« Sein Vater stand auf und ging ans Fenster. Starrte hinaus.

»Da, bitte.«

»Ja, mein Junge?« Er drehte sich um, eine Silhouette gegen das Licht. Eine vertraute Kontur, aber gesichtslos.

»Ich brauche Doug.«

»Der schadet dir nur. Er regt dich auf, gibt dir unmögliche Träume ein ...«

»Er gibt mir Hoffnung.«

»Er? Und wir? Deine Eltern?«

»Tut mir leid, Dad«, flüsterte Mike. »Du kannst mir keine Hoffnung geben.«

Sein Vater drehte sich wieder zum Fenster. Mit seinen breiten, sauberen, weißen Händen trommelte er auf den Thermostat. »Also gut, wenn wir nun Doug erlauben, dich zu besuchen – fährst du dann mit der Behandlung fort?«

»Ja.« Mikes Stimme brach. Seine Lippen waren ausgetrocknet.

»Gut. Ich erledige das.« Er kam zurück und stellte sich ans Fußende. »Aber ... bitte Mike ... wenn deine Mutter herkommt, laß sie nicht spüren ... wie du über uns denkst.« Er sah mit einem Mal etwas kleiner aus.

Die Tür schlug zu. Sieg.

Mike rollte herum und vergrub das Gesicht im Kissen. Er hatte nicht gewußt, daß ein Sieg so einen bitteren Beigeschmack haben konnte.

Am Abend kam Doug. Auf Zehenspitzen kam er herein, verlegen und mit roten Ohren. »He, wie geht's dir denn?«

»Wenn ich deine miese Visage seh', schon besser.«

»Ich wollt' schon früher kommen, aber sie ließen keine Besucher rein. Dein Anruf da nachts...«

»Ja?«

»Mensch, da hast du mich aber erschreckt.«

»Tut mir leid. Ich glaub', ich war ganz durcheinander.«

»Ich hab' mir schon so was gedacht. Diese Pillen können einen verrückt machen.« Er setzte sich auf den Stuhl neben dem Bett und lächelte, aber so gesprächig wie sonst war er nicht. Mike machte das nichts aus, er freute sich einfach, daß Doug da war. Die Uhr über der Tür schien die Minuten zu verschlingen; sonst schleppten sich die Zeiger immer dahin.

»Es bleibt nur noch so wenig Zeit«, stieß er hervor.

Doug folgte seinem Blick und schaute auf die Uhr. »Entschuldige. Hockey-Training. Morgen komme ich eher.«

»Das meine ich gar nicht. Ich meine... Zeit zum Leben.«

»Du meinst... so für Sachen, die du noch tun willst?«

»Ja. Und für die Sachen, von denen ich noch gar nichts weiß, daß ich sie später mal haben will. Das ist nicht fair. Als würdest du schon vor dem Ausscheidungsspiel aus der Mannschaft geschmissen.«

Doug räusperte sich. »Mensch, das klingt ja ziemlich trübe. Sagen sie's denn einfach so... daß du sterben wirst?«

»Nein. Aber es läuft nicht sehr gut.«

Doug wurde rot und trat gegen ein Bettbein. »Du weißt ja, was ich meine... du bist... der beste Freund, den ich hatte...«

»Dank dir. Aber das langt mir noch nicht. Scheiß, verdammt. Ich bin sechzehn und bin so gerade auf dem Sprung. Was hab' ich denn bis jetzt groß gemacht? Ich hab' nie ein Auto gehabt. Ich hab' niemals eine Jagdtrophäe heimgebracht ... nichts in der Art von ›Das hat Mike Rankin gemacht‹, verstehst du?«

»Dein Vater hat gesagt, ich hätte das Geweih nicht mitbringen sollen. Ich wollte dich wirklich nicht aufregen.«

»Hast du auch nicht. Mir hat's geholfen. Aber ich will eines für mich ... Und ich will auch mal wissen, wie das ist ... mit einem Mädchen zu schlafen. Wenn ich richtig am Boden bin manchmal, denk' ich an meinen Grabstein. Michael Rankin, 16 Jahre alt. Er hat nie gewählt, nie ein Auto gefahren. Er starb im Stande der Unschuld.«

»Also, was soll ich machen? Dir ein Mädchen reinschmuggeln?«

»Ach, hau ab.« Mike bewarf ihn mit einem Kissen.

Doug legte es sich in den Rücken und schaute Mike ernst an. »Du hältst wohl nicht viel von dir, was?«

»Warum sollte ich?«

»Vielleicht solltest du die Sache mal so ansehen, wie wir sie ansehen, Leute wie ich und meine Eltern und all die anderen in der Schule. Wir reden nicht darüber, genauso wenig wie du. Aber was du jetzt gerade durchmachst, das ist mutiger und auch ... wichtiger als Jagen oder Autofahren oder ein Mädchen greifen.«

»Wovon redest du, verdammt noch mal?«

»Übers Sterben, du Idiot. Mensch, das ist doch das Größte. Zu leben mit der Drohung, daß man vielleicht bald sterben muß.«

»Da hab' ich wohl keine Wahl.«

»Nein, aber wie du damit fertig wirst, da hast du schon die Wahl.«

Die kalte Wahrheit am Ende des Dunkels. Sonderbar, daß gerade Doug es ihm sagen mußte ...

Mike schluckte und versuchte zu lächeln. »Weißt du, was ich alles auf mich genommen habe, damit du hier reinkommen kannst?«

»Nein. Warum?«

»Ich frag' mich jetzt, wozu die Anstrengung?«

»Aha.« Doug dachte nach. »Hab' ich was Falsches gesagt?«

»Ja. Nein. Ach verdammt, ich weiß es nicht.«

»Soll ich gehen?«

»Nein, ich will nicht ... ach Scheiß, sowieso Zeit. Aber du kommst doch morgen wieder, he?«

»Klar, ich komme.«

Als er gegangen war, überlegte sich Mike, was Doug gesagt hatte. So leidenschaftslos und nüchtern hatte Mike noch nie nachdenken müssen. Wenn es das vorgegebene Ziel seines Lebens war, daß er lernen sollte zu sterben, dann mußte er sich der Nacht, die auf ihn zukam, stellen und durfte nicht vor ihr fliehen. Er lag in seinem Bett und setzte sich mit diesem Gedanken auseinander, bis die Nachtschwester ihn ertappte, wie er zur Decke starrte; sie gab ihm eine Tablette, die das Dunkel zurückdrängte und ihn schließlich in den Schlaf gleiten ließ.

7

Das Feuer brannte hell und drängte sowohl die Kälte wie auch das Dunkel zurück. Als Mike aufschauend dem Funkenflug nachsah, stellte er fest, daß es aufgehört hatte zu schneien. Seine Augen paßten sich der Dunkelheit oberhalb des Feuers an, und nach ein paar Minuten erblickte er schon zwischen treibenden Wolkenfetzen den schwachen Schein einiger Sterne. Der Sturm war vorüber, und er hatte ihn überstanden.

Er sammelte die Reste vom Überlebens-Set zusammen, steckte die Hosen in die Stiefelschäfte und stand auf, um das Feuer auszutreten. Er nahm die Patronen aus dem Gewehr und steckte sie in die Tasche. Er wollte sich im Dunkeln nicht mit geladenem Gewehr durch die Schneewehen zum Lager durchkämpfen, nicht einmal, wenn es gesichert war.

Der Weg zurück war jetzt kein Problem. Es gab nur eine Richtung – hügelabwärts, und früher oder später mußte er beim Fluß landen; dann brauchte er nur noch flußabwärts zu gehen, bis zu seinem Lager. Dem Gedanken ans Lager folgte sofort der Gedanke ans Essen, warmes Essen. Ihm wurde bewußt, wie ausgehungert er war, aber er zwang sich, nicht daran zu denken; er wollte sich jetzt darauf konzentrieren, möglichst schnell zum Lager zu kommen.

Es war ein Glück, daß der Rückweg so einfach war. Hätte er sich auf Wegmarken verlassen müssen, wäre er hoffnungslos verloren gewesen. Der Sturm hatte die Landschaft völlig verändert. Der Wind hatte den Schnee zu phantastischen Gebilden modelliert, die die Bodenbeschaffenheit darunter nicht mehr erkennen ließen, während einzelne Stellen bis auf die blanke Erde glattgefegt waren, aus der gefrorene Gräser und kleine Triebe herausragten.

Es dauerte ziemlich lange, bis Mike am Fluß ankam. Zwar umging er erkennbare Schneewehen, aber nicht alle waren erkennbar, und gelegentlich mußte er mühsam durch knietiefen Schnee stapfen. Seine große Angst war, daß er sich zwischen Ästen und Steinen unter der trügerisch glatten Schneedecke den Fuß brechen oder verstauchen könnte.

Gegen Mitternacht erreichte er endlich sein Lager, und jetzt schienen die Sterne hell aus einem fast wolkenlosen Himmel. Selbst sein Lager war verwandelt, und beinahe wäre er daran vorbeimarschiert. War dieser seltsame, unter Schneelasten halb eingesunkene Höcker wirklich sein Zelt? Er schob den Schnee mit äußerster Sorgfalt zur Seite und zog die Spannschnüre an. Es war eine schwere Schneeladung gewesen, aber sie hatte nichts beschädigt.

Mit Hilfe der Bratpfanne schaufelte er die Feuerstelle frei und fegte den Schnee beiseite. Hier hingen keine Äste über ihm, nasse Lawinen waren nicht zu befürchten. Es war direkt ein Luxus, ein Feuer mit dem trockenen Holz aus dem Vorrat im Zelt und beliebig vielen Streichhölzern zu machen. Er hätte nie geglaubt, wie kostbar ein Streichholz war, bis zu dem Augenblick, da er keines mehr hatte. Er machte Feuer an und öffnete eine Büchse mit Eintopf. Wartete, starrte in die Flammen, während der Topf heiß wurde. Als es anfing zu kochen, nahm er den Topf vom Feuer, aß direkt daraus mit einem Löffel und verbrannte sich an heißen Kartoffel- und Karottenstückchen. Warum wurde Gemüse eigentlich immer kochend heiß, während Fleisch und Bratensauce in der gleichen Zeit genau richtig gerieten? Er kratzte den Topf leer und wischte den Saucenrest mit einem Stück Brot gründlich bis auf den letzten Tropfen sauber. Es war nicht das Feinschmeckermahl, das er sich mitten im Sturm ausgedacht hatte. Es war sehr viel besser.

Aufgewärmt jetzt, mit angenehm vollem Magen, zog er sich die Oberbekleidung aus und kroch in den Schlafsack. Er machte sich nicht mehr die Mühe, Holz nachzulegen, und er dachte auch nicht an seinen Feind, das Dunkel. Die Augen fielen ihm zu, und wie auf einer langen Rutsche glitt er sogleich in den Schlaf. Vor dem Zelt glühte das Feuer noch einige Zeit mit rosigem Schein. Das letzte Holzstück sank in die Asche, während ein goldener Funkenreigen emportanzte. Die Glut verging allmählich, und das Dunkel breitete seine eigene anheimelnde Decke über das Lager.

Mike erwachte vor Sonnenaufgang aus einem Traum, in dem er sich an einen Hirsch herangepirscht hatte, der weiß wie ein Einhorn war und ein Geweih mit vielen Enden aufwies. Es war ein Gefühl der Erfüllung, das sein Erwachen begleitete. Seit Monaten hatte er zum erstenmal die ganze Nacht ungestört durchgeschlafen.

Aber es war auch ein Gefühl glücklichen Erwartens dabei, das irgendwie mit seinem Traum zusammenhing, ein Gefühl, daß alles in vorbestimmten Bahnen ablief und er am heutigen Tage ohne den Schatten eines Zweifels seine Trophäe erringen würde.

Er machte Feuer, ging zum Fluß, um sich zu waschen und Wasser für Kaffee und seine Hafergrütze zu holen. Die Eisdecke war auf eine Armlänge vom Ufer aus gewachsen, aber sie war nur ganz dünn. Er mußte sie mit der Topfkante durchstoßen, um an das Wasser heranzukommen. Er schaute hoch, während er zurückging. Über ihm war der Himmel noch dunkel, aber im Südosten war schon ein Schimmer von Farbe. Sein Atem stieg in mächtigen Wolken in die windstille Luft.

Er frühstückte ausgiebig, und nach dem Wegpacken der Reste machte er sich ein paar Brote, die er in der Innentasche der Daunenjacke verstaute, wo sie nicht einfrieren konnten. Sorgsam füllte er das Überlebens-Set auf; er würde nie mehr vergessen, es mitzunehmen.

Ein letzter Blick in die Runde, fast schon ein Ritual. Das Lager hatte schon etwas Heimeliges gewonnen, als wohnte er hier schon längere Zeit und hätte sich ein Anrecht auf diesen kleinen Flecken Wildnis erworben. Vorsichtig löschte er das Feuer und befestigte die Zelttürklappe. Alles sauber und ordentlich, wie es sich gehörte. Von der großen Fichte schimpften die Häher auf ihn herunter, weil er ihnen nichts zu essen daließ.

Durch den weichen Schnee marschierte er hangaufwärts, Richtung Schneise, und dabei ging er in Gedanken noch einmal alles durch, was er über Weißwedelhirsche wußte, und er dachte an seinen ureigenen Hirsch und wie er ihn erlegen würde. Um eine so große Geweihauslage zu haben, daß sie als Trophäe anerkannt wurde, mußte der Hirsch mindestens vier Jahre alt sein und schlauer als die meisten seinesgleichen; sein Leben lang hatte er sich vor Jägern, Grizzlys und Wölfen schützen können. Aber selbst ein dummer Hirsch war immer noch so gewitzt, daß man sich nur wundern konnte, wie es überhaupt jemand hie und da fertigbrachte, einen zu erlegen.

Sein Hirsch hörte schon einen kleinen Knipslaut auf siebzig Meter. Er bemerkte eine Handbewegung auf zweihundertfünfzig Meter. Sein Geruchssinn war so ausgeprägt, daß ihm Mikes Anwesenheit sofort bewußt wurde, lange bevor Mike in Schußweite käme, wenn Wind und Warmluftströmungen auf seiner Seite wären.

Selbst wenn Mike seinem Hirschen endlich begegnete, konnte er noch kilometerweit laufen, so schnell wie ein Wagen in der Stadt fährt, und notfalls bis zu dreißig Meter weit hügelabwärts springen. Was Mike dagegenzusetzen hatte, war kümmerlich: ein Paar nicht allzu scharfer Ohren, Augen, die nur durch ein Vierfach-Fernrohr aufgebessert wurden, und einen Geruchssinn, der gerade reichte, um morgens den Duft von Speck und Kaffee wahrzunehmen.

Aber Mike war nicht davon bedrückt. Die Herausforderung beflügelte ihn. Er dachte daran, was Dougs Vater ihm gesagt hatte: »Dein Hirsch hat einen natürlichen Selbsterhaltungstrieb, der alles bei weitem übertrifft, was ein Mensch in dieser Hinsicht aufzuweisen hat, Eskimos und Australneger vielleicht ausgenommen. Aber er besteht nur aus Instinkt, denken kann er nicht. Vergiß das nicht. Das ist deine Chance. Ein Hirsch aus den Swan-Bergen will auch nur in den Swan-Bergen leben. Er bewegt sich sogar, solange es geht, nur rund einen Kilometer im Umkreis seiner Geburtsstelle. Über deine Augen, Ohren und Nase brauchen wir kein Wort zu verlieren. Aber du hast zwei große Vorteile – ein Gehirn und Phantasie. Benutze beides. Denk' dich in deinen Hirsch hinein, und du hast gewonnen.«

Mike versuchte, sich in einen Hirsch hineinzudenken und sich gleichzeitig an alles zu erinnern, was er gelesen hatte. Im Winter gab es wenig Äsung in den dichten Wäldern, die die Swan-Berge wie eine dunkle Decke überzogen. Hirsche brauchten die Vegetation, die auf offenen Flächen gedeiht, abseits der licht- und wasserraubenden Fichten und Kiefern. Vor der Ankunft des Menschen hatten natürliche Feuer solche Flächen freigebrannt. Nun hatte der Mensch Hand an die Wildnis gelegt und sie mit Schneisen, Bodenrinnen und Gräben durchzogen.

Waren die großen Bäume entfernt, wuchsen dort Gräser, Wildpflanzen, Mispelsträucher, wilde Rosen, und zarte Espenschößlinge kamen ans Licht. Selbst im Winter, noch unter fünfzig Zentimeter Schnee, war genügend vorhanden, um kleine umherstreifende Rudel zu ernähren.

Allerdings dauerte es seine Zeit, bis sie wirklich satt waren, besonders nach so einem Sturm wie gestern nacht. Sehr wahrscheinlich würden sie also auch noch nach Sonnenaufgang beim Äsen bleiben, sofern sie sich sicher fühlten. Schnell und leise ging Mike durch das Dunkel unter den Bäumen, während ganz allmählich die Sterne verblichen und das Licht im Südosten zunahm.

Er kam an einen Wechsel mit frischen Hufabdrücken mehrerer Hirsche. Der Schnee deckte das Laub am Boden zu, und Mike ging wie auf Kissen. Mit vorsichtig gesetzten Schritten folgte er dem Wechsel hangaufwärts in Richtung Bodenrinne und achtete darauf, daß seine Jacke nicht gegen die niedrigen Äste genau über den Spuren streifte. Etwa alle zehn Schritte blieb er stehen, um umherzuschauen und mit seinen Menschenohren zu lauschen, die allerdings nichts anderes vernahmen als das Dröhnen seines Herzschlags, und er roch auch nichts weiter als die geruchlose Frische eines frühen Wintermorgens.

Er kam der Bodenrinne näher. Hier waren weniger Bäume, und anstelle großer, rauher Fichten und Kiefern standen nun dünne, hochaufgeschossene Espen. Jetzt liefen auch schon Schatten vor ihm am Boden her wie lange, flache Stufen. Es war Morgendämmerung.

Er stand im Schatten einer starken Pappel in der Nähe des Grabens der Bodenrinne und spähte in die Runde. Nichts. Behutsam bewegte er sich noch etwas weiter zur Bodenrinne. Noch eine Minute, und er würde sie in beiden Richtungen überblicken können, soweit es das wellige Terrain erlaubte. Doch wenn er aus seiner Dekkung käme, würden ihn die Hirsche, falls wirklich welche da wären, auch ihrerseits sehen. Langsam und vorsichtig schob er sich einen Schritt vorwärts, hielt inne, schaute umher, versuchte zu denken, zu handeln wie ein Hirsch, der ja auch dauernd innehielt, um nach hinten zu sichern, bevor er weiterging.

Kaum gedeckt hinter einer schlanken Espe am Rande der Bodenrinne, spähte Mike umher. Der Schnee blendete so stark im Gegensatz zu den tiefen Schatten unter den Bäumen, daß ihm die Augen schmerzten. Er preßte die Lider aufeinander und schaute dann durch einen schmalen Spalt nach Norden, der Bodenrinne entlang. Er blinzelte abermals und blickte durch die zusammengekniffenen Lider. Da standen sie! Ungedeckt, so deutlich gegen den Schnee schwarz abgehoben, daß es fast unwirklich schien. Er hatte recht gehabt. Der Schnee hatte ihnen die Suche nach Äsung erschwert. Obwohl die Sonne jetzt etwas höher stand und den südöstlichen Himmel mit Licht überflutete, während sich lange bläuliche Schatten wellenartig über den Schnee erstreckten, standen die Hirsche noch immer im freien Gelände, scharrten den Schnee mit den Hufen weg, beugten sich nieder, um zu äsen, hoben aber auch oft die Köpfe, um sich umzusehen.

Es würde schwierig werden. Bei der dicht zusammenstehenden Gruppe schien immer einer gerade den Kopf oben zu haben, um zu sichern. Ganz langsam, unmerklich, hob Mike die Büchse und spähte durchs Fernrohr. Jetzt sprangen sie ins Bild: drei männliche Hirsche. Einer war noch ein Jüngling mit nur drei Enden an jeder Stange einschließlich der Augsprossen, die aber kaum mehr waren als knotenartige Verdickungen. Der zweite war ein gutgewachsener Hirsch, ein Achtender mit langen Sprossen, starkem Nacken und kräftigen Schultern. Auf solch einen Hirsch könnte Mike jederzeit mit Recht stolz sein. Jederzeit – aber nicht mehr, als er den dritten gesehen hatte.

Nach diesem dritten gab es keinen anderen Weißwedelhirsch mehr in den Swan-Bergen. Bei seinem Anblick fing Mikes Herz an, wie wild zu klopfen, und vor Aufregung wurde ihm ganz heiß. Dieser dritte war eine Handbreit höher als der zweite, und sein mächtiger Nacken trug das größte Gestell, das Mike jemals in Filmen oder auf Fotos gesehen hatte. Es war ein Zehnender mit gleichmäßig gewachsenen Stangen und langen, sauberen Sprossen, wobei die Augsprossen fast so lang waren wie die Mittelsprossen. Er hob den Kopf und äugte fast anmaßend zu Mike herüber. Mike sah den majestätischen Schwung der Geweihstangen nach außen und nach vorne, bei einer Auslage von mehr als einem halben Meter. Er hielt den Atem an. Der Hirsch starrte weiter in seine Richtung, anstatt sich wieder dem Äsen zuzuwenden. Hatte er ihn gesehen? Zwischen ihnen lagen mehr als hundert Meter. Hatte er ihn vielleicht gewittert? Aber es ging kein Lüftchen, und die Luft war für die Entwicklung von Warmluftströmen noch zu kalt.

Die beiden anderen ästen weiter, zupften an den langen Gräsern unter dem Schnee und füllten sich schnell noch den Magen, bevor das helle Tageslicht sie wieder unter die Bäume trieb, wo sie im sicheren Versteck liegen und bis zum Abend wiederkäuen konnten. In regelmäßigen Abständen warfen der junge Hirsch und der Achtender die Köpfe hoch, äugten, lauschten, nahmen die Witterung auf und duckten sich ebenso regelmäßig wieder zum Fressen. Aber immer noch starrte der große Kerl unverwandt in Mikes Richtung.

Mike stand wie ein Stein. Ich bin nicht hier, sendete er dem Hirschen hinüber, los, du Idiot, friß weiter, hier ist niemand. Aber der Hirsch verharrte in seiner Stellung. Das Gewehr wurde immer schwerer, und bald würden seine Hände anfangen zu zittern. Seine Handflächen schwitzten. Er erlaubte sich keinen Lidschlag und atmete nur flach in die Lungenspitzen. Wenn der doch wenigstens einmal wegschaute, nur eine Sekunde lang, Zeit genug, um das Schloß zu spannen. Aber das Geräusch dabei? Hätte er noch Zeit genug, um diesen einen perfekten Schuß abzufeuern?

Irgend etwas ging in dem Kopf des Hirsches vor. Plötzlich schnaubte er. Unglaublich klar kam dieser Laut durch die kalte Luft herüber. Die beiden anderen Köpfe schnellten wie am Schnürchen gezogen in die Höhe. Der Alte schnaubte nochmals. Er wandte sich ab und zeigte den weißen Wedel hoch aufgerichtet gegen das Hinterteil wie eine weiße Fahne. Auch die anderen drehten sich um, Wedel gleichfalls aufrecht, und verschmolzen ohne Hast mit dem Hintergrund der Bäume jenseits der Bodenrinne.

Beim zweiten Schnauben zog Mike den Verschlußbügel zurück, schob ihn vor und seitlich hinunter.

Sein Finger war am Abzug, die Kolbenkappe in die Schulter eingezogen. Einen winzigen Augenblick lang, während sein Herz aussetzte, hatte er den Alten im Fadenkreuz. Aber als er dann das Gewehr bewegte, um ihm zu folgen, war da nichts mehr außer einem Gewirr von Ästen, einem Baumstamm und Gestrüpp.

Er nahm das Gewehr herunter und schob den Verschlußbügel nach oben. Eine Sekunde lang war ihm vor Enttäuschung fast übel. So nahe dran! Aber er nahm sich sofort zusammen. Schließlich war es schon etwas, einen von den Großen überhaupt gesehen zu haben. Für einen Anfänger wie ihn war sogar das schon ein Erfolg. Es wäre zu billig und für den großen Hirsch eigentlich eine Beleidigung gewesen, hätte Mike ihn mit seinem ersten Schuß in dieser Jagdsaison gleich gefällt.

Ich hab' den ganzen Tag vor mir, sagte er sich. Und wenn nicht heute, dann morgen. Oder übermorgen. Oder jeder weitere Tag bis zum Ende der Jagdsaison. Ich kann seinen Tages- und seinen Nacht-Rastplatz ausfindig machen. Ich kann den Wechseln folgen, die er bevorzugt. Ich kann seine Tränke finden. Ich werde ihn bekommen, ihn und keinen anderen, gelobte Mike. Er gehört mir.

Der Schneesturm, der Mikes Leben fast ausgelöscht hätte, wurde nun nachträglich sein Verbündeter. Im frischen Schneeteppich würde er jede Bewegung seines

Zehnenders erkennen können, vorausgesetzt, er hatte den Blick dafür und die Ausdauer und die Geduld, um sich zurückzuhalten und zu gehen und zu denken wie ein Hirsch.

Mike kam in die leere Bodenrinne hinab. Die Sonne stand jetzt hoch, und das lange, makellos weiße Band erstreckte sich schnurgerade von links nach rechts. Nur an manchen Stellen hatte der Wind bogenförmige, sanft geschwungene Schneewehen aufgebaut, deren fließende Enden noch letzte Schatten der Dämmerung festhielten.

Einmal war er unvermutet kniehoch eingebrochen und hatte mühsam herumgestrampelt, bis er wieder Grund unter die Füße bekam. Er lernte jetzt, auf diese verschatteten Warnzeichen zu achten. Er klopfte sich den Schnee von den Jeans. Es war nicht angenehm, in nasser Baumwolle zu stecken, und außerdem, wenn das Zeug nicht bald trocknete, könnte es zu Eis erstarren. Das Gewehr war in Ordnung. Er hatte es instinktiv hochgehalten, als er in die Verwehung hineinstolperte.

Im Unterholz am Rande der Bodenrinne lauernd, hatte er zwischen sich und den äsenden Hirschen einen Abstand von hundert Metern angenommen. Als er die Schneeverwehungen umging, kam es ihm nun so vor, als habe er die Entfernung weit unterschätzt. Hier draußen war es nicht so einfach, Entfernungen zu schätzen; die Luft war so unbewegt und klar, daß nur die Kurve ferner Berge, die den Himmel durchschnitt, einem den Blick in die Unendlichkeit verwehrte.

Mitten in der Bodenrinne verlief ein langer, vom Wind ausgeputzter Streifen, in dem sich trockene Gräser erhoben. Hier war die Speisekammer der Hirsche gewesen, und deswegen hatten die drei zusammen gestanden, während Weißwedelhirsche normalerweise lieber für sich allein bleiben. Vorsichtig ging er weiter und beobachtete die Trampelspuren im Boden, die scharfen Abdrücke der herzförmigen Hufe. Hier etwa mußte doch der große gestanden haben, als er aufgeschaut und ihn gesehen hatte.

Der kleinere da drüben rechts und der dritte weiter links...

Wo die drei Hirsche sich hin- und herbewegt hatten, um an die Gräser zu kommen, war die leichte Schneedecke weggescharrt, und da war nur noch ein Spurendurcheinander. Aber hinter dem Freßplatz, wo der Schnee höher lag, waren drei klare Fährten. Jetzt müßte er die Spur seines Zehnenders finden und dürfte sie nie mehr verlieren...

Die Abdrücke in der Mitte schienen Mike die tiefsten und vielleicht auch etwas größeren. Ihm stand noch vor Augen, wie die drei Hirsche ins Dickicht eingetaucht waren, alle mit aufrechten weißen Wedeln. Der größte Wedel in der Mitte. Er entschied sich und folgte der mittleren Fährte über den Rand der Bodenrinne.

Hier, wo der Wald wieder anfing, hielt er inne. Von jetzt an betrat er ein neues Gelände. Er war jenseits der Bodenrinne, jenseits des Freeman-Tales. Die Rückkehr war nun nicht mehr einfach der nächste Weg hangabwärts bis zum Fluß und dort flußabwärts bis zum Lager. Von jetzt an mußte Mike genau wissen, wohin er ging, denn wenn er ein paarmal im Kreise lief, stieß er vielleicht auf eine andere Schneise oder Bodenrinne und würde sich hoffnungslos verirren.

Er drehte sich um und bestimmte die Richtung zum Lager. Ziemlich genau ostwärts. Er brauchte also jetzt, da er seinem Hirschen in westlicher Richtung folgte, nur darauf zu achten, ob er eher etwas nach Norden oder eher etwas nach Süden abkam; auf diese Weise würde er ganz sicher wieder zur Bodenrinne zurückfinden, wenn er sich genau ostwärts hielt, und hier, auf bekanntem Terrain, war dann der Heimweg kein Problem mehr.

Er verstaute den Kompaß wieder in der Brusttasche seiner Holzfällerjacke, hielt das Gewehr bequem unterm Arm eingeklemmt und trat in den Schatten der Bäume, in die Dämmerungskühle, die sich unter den Ästen fern vom Sonneneinfall noch gehalten hatte.

Hier waren die Hufabdrücke des Großen einwandfrei zu erkennen. Der Hirsch hatte nicht einmal Angst gehabt. Zwar war der Wedel aufgerichtet gewesen, aber er hatte weder die Ohren angelegt noch war er mit einem Satz ins Unterholz gesprungen. Das war ein gutes Zeichen. Es bedeutete, daß er wahrscheinlich geradewegs seinem bevorzugten Tagesrastplatz nahe einem der Hauptwechsel zustrebte.

Mike blieb stehen und zwang sich zur Geduld. Eile konnte jetzt alles zunichte machen. Er ließ seinen Augen Zeit, sich an die Schatten zu gewöhnen; draußen in der offenen Bodenrinne war das Licht beinahe schmerzhaft grell gewesen. Sein Herz schlug heftig, eine rauschhafte Erregung hatte ihn ergriffen, und er fühlte sich so lebendig wie nie seit einem Jahr. Aber die Aufregung war nur in seinem Blut, in seinem Gefühl, sein Gehirn blieb eiskalt.

Ihm war klar, wenn er seinem Hirschen nachstürmte, war der auf und davon, und ohne einen Jagdgefährten, der ihn abfangen und zurücktreiben würde, hätte er keine Chance mehr und könnte seine Trophäe ein für allemal vergessen. Laß ihm Zeit, sich hinzulegen, mahnte er sich. Bald steht die Sonne hoch genug, um durch die Bäume hindurch den Boden etwas anzuwärmen. Dann legt sich der Hirsch nieder und fängt an wiederzukäuen wie eine Kuh an einem friedlichen Sommernachmittag.

Reglos stand er da und ließ sich von der Kälte, die ihm in den Beinen hochkroch, nicht ablenken. Seine Augen stellten sich langsam auf das Licht hier ein. Jetzt konnte er die Fährte deutlich sehen. Ein paar Meter weiter war der Hirsch mit einem Sprung über ein Gestrüpp mit Windbruch gesetzt. Das mußte Mike völlig umgehen, wollte er nicht alles, was lebendig war im Wald, aufschrecken. Er war überzeugt, daß hinter dem Windbruch ein Wildwechsel verlief. Weißwedelhirsche waren Gewohnheitstiere, fiel ihm ein. Sie blieben immer bei den gleichen Lager- und Futterplätzen und Tränken.

Vorsichtig bewegte er sich um den Windbruch herum,

blieb nach einem weiteren Dutzend Schritten stehen, um sich umzuschauen; er bemühte sich zu unterscheiden, zwischen normalem Licht und Schatten von Stämmen und Ästen und etwas anderem, was weder von Bäumen noch von Büschen herkam. Er brauchte gut fünfzehn Minuten, um sich an dieser Masse Windbruch vorbeizuwinden, die der Hirsch mit einem eleganten Sprung hinter sich gelassen hatte.

Seine Geduld wurde belohnt. Hinter diesem Gewirr gestürzter Bäume und gebrochener Äste war ein Wildwechsel. Und abermals erwies sich der Schneesturm als ein Segen. Er brauchte sich nicht um Hirsch- oder Rehfährten vergangener Tage zu kümmern. Der Schnee, sofern nicht in Wehen aufgehäuft, lag zehn Zentimeter hoch, und die glatte Decke war nur von Hirschen durchbrochen, die seit der Morgendämmerung dieses Tages in der einen oder anderen Richtung gegangen waren.

Es gab natürlich auch andere Spuren. Die typischen langen Hinterfüße und die winzigen Vorderpfoten eines Schneeschuhhasen, die kleinen Fünffingerabdrücke eines munteren Eichhörnchens auf später Futtersuche und ein paar Vogelabdrücke, zierliche, halboffene Fächer, die nur leicht in die Schneeoberfläche eingezeichnet waren.

Mike fühlte, wie seine Sinne sich schärften. Er konnte sehen, wie nie zuvor. Sein Gehör war exakt abgestimmt; streifte sein Arm einen toten Ast, fuhr er bei dem kaum hörbaren Zischlaut von Nylon auf Holz erschreckt zusammen.

Behutsam ging er neben dem Wildpfad her. Hinter dem Windbruch fand er die Stelle, wo der große Zehnender aufgekommen war. Eine kleine Anhäufung vorwärts geschobenen Schnees zeigte die Sprunggeschwindigkeit an. Er war dann stehengeblieben und hatte einen schönen Haufen Losung hinterlassen. Offenbar hatte er sich umgesehen, nichts Beunruhigendes festgestellt und war auf dem Wildwechsel hangabwärts weitergetrottet.

Mit größter Vorsicht folgte ihm Mike. Er machte nie

mehr als sechs, sieben Schritte, wartete dann, spähte nach allen Seiten, die Sinne für feinste Signale in einem Maße aufnahmebereit, wie er es nie für möglich gehalten hatte. Es war fast wie auf einem Trip. Mike hatte nur einmal einen Joint geraucht, und so ähnlich fühlte er sich jetzt – nur tausendmal besser. Es war nicht so, daß er sich von seinem Körper löste, sondern diesmal entschwebten sie zusammen, er und sein Körper. Er fühlte sich leicht und dennoch bei vollem Bewußtsein. Seine Füße bewegten sich genauso, wie er es ihnen befahl. Er atmete gleichmäßig und mühelos, und sein Herz hatte aufgehört zu hämmern.

Es war so still, ihm war, als wäre er vielleicht der letzte Mensch auf der Erde. Als das hohe Jaulen einer Düsenmaschine die Stille jäh durchschnitt und er hochschauend den Kondensstreifen am hellblauen Himmel sah, mußte er verblüfft erkennen, daß es sich um das planmäßige Morgenflugzeug nach Grande Prairie und Peace River handelte, mit ganz normalen Menschen an Bord, immer drei in einer Sitzreihe mit Aktentaschen und Einkaufstaschen, die keine Ahnung hatten, daß tief unter ihnen in den Wäldern Mike Rankin zu ihnen emporstarrte.

Als es vorübergedonnert war, wartete er, innerlich ganz ruhig, bis die Stille wieder in den Wald zurückflutete. Erst dann bewegte er sich wieder. Sechs Schritte. Pause. Spähen. Es war viel ermüdender, als drauflos zu marschieren.

Aber nur so ging es. Selbst auf dem Schneeteppich machte er beim Gehen winzige Geräusche. Der Körper ließ sich nicht völlig ausschalten. Doch konnte er, anstatt wie ein Mensch, wie ein Tier handeln. Ein Mensch war immer in Eile. Immer unterwegs von einem Punkt zu einem anderen. Die schnellste Verbindung zwischen zwei Punkten ist eine Gerade – so denkt der Mensch. Für ein Tier gibt es keinen wirklichen Zielpunkt, nur eine Gegenwart, die langsam in eine andere Gegenwart übergeht.

Infolgedessen machte Mike ein paar Schritte und hielt

inne, wie um zu äsen. Dann ging er gemächlich weiter – immer die Schatten im Auge. Die vieldeutigen Muster von Licht und Schatten. Er hielt Ausschau nach einer Rundung, die nicht zur Gradlinigkeit der Bäume paßte. Nach einem zuckenden Ohr im unbewegten Unterholz.

Er war erfolgreich. Er war dem Wildpfad etwa eine halbe Stunde lang gefolgt, vielleicht auch länger, als er eine helle Rundung etwas zur Linken erblickte, abseits vom Pfad, aber nicht allzu weit. Er hielt den Atem an und glitt vorsichtig in die Deckung eines Baumstamms, wo er sein Gewehr hervorholte und langsam zur Schulter hob.

Er schaute durchs Zielfernrohr. Wo war er? War es nur eine Einbildung? Ein Ästegewirr, so nah vor seinem Gesicht, daß er zusammenzuckte, glitt vor dem Fernrohr vorbei, während er das Gewehr langsam bewegte. Da! Das war es doch? Die graue Kurve eines Rumpfes im Fadenkreuz. War es wirklich sein Hirsch? War es überhaupt ein Hirsch?

Er stand reglos, zog dann das Gewehr um Haaresbreite nach rechts, damit er den Kopf, wenn er hochkäme, deutlich vor Augen hätte. Los jetzt, hör jetzt auf mit dem Äsen und komm hoch. Nun mach schon! Ich will dich sehen.

Und dann kam der Kopf endlich hoch, und die Enttäuschung traf ihn wie ein Schlag. Ein Kopf ohne Geweih. Er betrachtete noch einmal das Gelände da vorn im Fernrohr, für den Fall, daß noch ein Hirsch dabei war, aber es war nichts weiter zu sehen.

Verdammt! Ging er auf dem Wildwechsel weiter, mußte er die Hirschkuh aufscheuchen, und wenn sie dann hochsprang und krachend durchs Unterholz preschte, würde der Lärm jeden Hirsch weit und breit alarmieren. Aber wie konnte man unbemerkt an ihr vorbeikommen? Auf allen vieren vielleicht? Aber dabei würde er vermutlich noch mehr Krach machen und sie furchtbar erschrecken.

Die einzige Möglichkeit war, denselben Weg so weit

zurückzugehen, bis er auf einen anderen Wildwechsel stieß, der seitlich am Rastplatz der Kuh vorbeiführte, und hinterher konnte er wieder zu diesem ersten Wildpfad zurückkommen, die Fährte seines Hirsches finden und ihr talwärts folgen.

Er machte sich auf den Rückweg, ganz bewußt im Rhythmus, den er sich schon angewöhnt hatte. Gehen, Pause. Gehen, Pause. Zum Glück brauchte er nicht sehr weit zu gehen, bevor er auf einen anderen Wildwechsel stieß, der in etwa der gleichen Richtung verlief, aber etwas höher am Hang. Er folgte ihm geduldig und mit besonderer Vorsicht, bis er sicher war, den Rastplatz der Kuh weit umgangen zu haben.

Als ein neuer Wildpfad kreuzte, ging er links auf diesem weiter, und als er wieder auf einen anderen stieß, der mehr oder weniger quer zum Hang verlief, hielt er an und betrachtete die Schneedecke. Waren die Hufabdrücke seines Hirsches dabei? Er würde sie auf den ersten Blick wieder erkennen, er hatte sie lange genug vor Augen gehabt. Aber dort, wo die Wechsel sich kreuzten, war ein hoffnungsloses Spurendurcheinander, da war nichts festzustellen. Am Ende ging er ein paar Schritte zurück. Und da waren sie! Bei weitem größer und tiefer als alle anderen Spuren. Er war wieder auf dem richtigen Pfad.

Mike fühlte sich auf einmal unwiderstehlich dazu gedrängt loszustürmen, um die verlorene Zeit aufzuholen. Doch er bezwang sich; da hatte er wieder wie ein Mensch reagiert. Ein Hirsch kannte keine »verlorene Zeit«. Zeit bedeutete ihm nichts. Es gab für ihn nur Licht und Dunkel. Wärme und Kälte. Hunger oder Sättigung. Durst haben oder Durst löschen.

Gemächlich und ohne Hast folgte er dem Wechsel hinunter, unterwegs jetzt zu der entscheidenden Wegmarke seines Schicksals, auf die zu treffen er sein Leben lang gewartet hatte.

8

Nicht einfach irgendeinen Hirsch zu erlegen, sondern einen mit einer richtigen Trophäe auf dem Kopf... diese Vorstellung hatte ganz allmählich Gestalt angenommen, seitdem Doug an jenem Märzabend seinen gewaltigen Hirschkopf ins Krankenhaus geschleppt hatte. Zunächst waren diese Tagträume nur eine Spielerei, um die Nacht fernzuhalten. Aber Doug war es, der ihm Erfüllung verhieß, der nicht zuließ, daß Mike seinen Traum aufgab. Getreu seinem Versprechen kam er jeden Abend zu Besuch, und eines Tages weihte Mike ihn in sein Geheimnis ein.

Doug war bestürzt und pfiff durch die Zähne. »In den Swan-Bergen? Ich weiß nicht, ob da jemals eine richtige Trophäe hergekommen ist. Hängt mit dem Klima, mit ihrer Ernährung zusammen, aber auch mit dem Alter...«

»Ist sowieso ein Blödsinn«, murmelte Mike und wünschte, er hätte geschwiegen. »Trophäe, Mann! Ich krieg' überhaupt keinen Hirschen mehr.«

»Ach du, das weiß ich nicht.« Doug saß auf einmal kerzengerade. Bei Widerspruch fühlte er sich immer herausgefordert. »Wenn du was wirklich haben willst, kriegst du es auch. Vielleicht keine Trophäe, aber einen vorzeigbaren Kopf.«

»Meinst du?«

»Klar.«

»Ich weiß nicht, ob ich...« Mike faltete die Hände hinter dem Kopf und starrte zur Decke. »Manchmal seh' ich ihn so nah, ich könnte ihn anfassen. Dann ist er wirklicher als dieses Zimmer.«

»Du kannst es schaffen.«

»Aber dann denk' ich an meine Eltern. Hör mal, die haben mich doch nicht mal den Ski-Ausflug nach Jasper mitmachen lassen, weißt du noch. Die lassen mich doch nicht zur Jagd gehen. Ausgeschlossen.«

»Also, wenn sie es dir nicht erlauben, dann mußt du einfach mal abhauen, oder?«

Mike setzte sich aufrecht hin und starrte ihn an.

Doug wurde rot. »Hab' ja nicht gesagt, du sollst es machen. Ich bin nur logisch, das ist alles. Hängt schließlich davon ab, wie wichtig dir das ist.«

»Wie...?« Mike unterbrach sich. Sein Gehirn war auf einmal ganz rege, und die Aufregung stieg heiß in ihm hoch. »Ob ich das kann? Ich weiß nicht. Aber wie komm' ich denn überhaupt darauf? Ich kann ja nicht fahren, selbst wenn ich einen Wagen irgendwoher bekäme.«

»Ich hab' dir doch gesagt, wir kriegen einen geländegängigen Wagen. Wird nächsten Monat ausgeliefert. Den kann ich benutzen und du auch. Du brauchst nur deinen Führerschein zu machen.«

»Ich könnte beim Automobil-Club Fahrstunden nehmen.«

»Sicher, oder notfalls bring' ich dir's bei. Du brauchst nur die Unterschrift deiner Eltern, wenn du die Fahrprüfung machst.«

»Ich wußte doch, da ist ein Haken.« Mike ließ sich zurückfallen. »Scheiß, alles sinnlos. Die geben mir nie...«

»Junge, Mensch, du gibst zu schnell auf. Es gibt viele Arten, ein Kaninchen abzuziehen.«

»Was soll denn das nun heißen?«

»Kein Grund, mich anzuschnauzen. Das heißt einfach, wir müssen unseren Grips gebrauchen und deine Eltern irgendwie dazu bringen, daß sie dasselbe wollen wie du.«

»Aber...«

»Also darüber zerbrich dir jetzt mal nicht den Kopf. Sieh nur zu, daß es dir wieder besser geht, und ich komme dann mit einer Liste, was alles getan werden muß.«

Am nächsten Abend wartete Mike, den Blick auf der Uhr. Und da kam Doug grinsend herein und schwenkte ein großes Blatt Papier. Es war offenbar eine ziemlich lange Liste, aber Doug ging sie mit unerschütterlichem Optimismus durch.

»... dann Zelt und Schlafsack, hast du schon... Proviant. Können wir jederzeit bekommen, Büchsen und tiefgefrorenes Zeug, das heben wir erst mal bei mir auf, da gibt's keine Fragen bei dir zu Hause. Ich mach' noch eine Extraliste für die Vorräte.«

»Die mach' ich. Du stehst mir zu sehr auf Bohnen.«

»Richtig, ist eine windige Sache. Okay. Ein Beil leihe ich dir. Messer hast du schon, stimmt's? Und einen Rucksack. Ist gar nicht mehr so viel. Die Großwild-Lizenz und die Marken für die Abschüsse gibt's sowieso erst ab Juli, das kaufst du im Einkaufszentrum. Fünf Dollar für die Lizenz und fünf für jeden Abschuß.«

»Nur einer«, sagte Mike mit Bestimmtheit. Der Traum wurde allmählich zur Realität, während Doug redete. »Ein einziger Weißwedel.«

»Okay. Gewehr und Waffenschein hast du auch. Das war das letzte auf der Beschaffungsliste. Jetzt zu den Sachen, die zu erledigen sind. Der Jagdclub trifft sich erst wieder im Herbst. Sowie du hier draußen bist, werden wir öfter Schießübungen machen, damit sich dein Auge wieder dran gewöhnt.«

»Hoffentlich hab' ich's nicht verlernt.«

»Unsinn. Das verlernt man nicht. Wie Schwimmen und Radfahren.«

»Das größte Problem ist das Auto.«

Doug ließ seine Listen aufs Bett fallen und schritt im Zimmer auf und ab. »Ich hab' mir das überlegt. Das einfachste wäre, ich würde den Transporter meines Vaters fahren.«

»Hm ja, aber...«

»Na was?«

»Ich weiß nicht. Angenommen, es passiert was, und in letzter Minute stellt sich raus, du kannst nicht weg. Da wär' ich verloren. Wieder ein Jahr, Doug. Ich weiß nicht, ob ich noch ein Jahr habe. Ich weiß nicht einmal, ob ich dieses Jahr noch habe.«

»Da hast du recht. Aber ich bin nicht versessen drauf, dich da allein abziehen zu sehen.«

»Ich auch nicht. Aber ich muß auf alles vorbereitet sein.«

»Okay. Also jetzt müssen wir uns was einfallen lassen, daß dich deine Eltern selbst zur Fahrstunde schicken.« Doug unterbrach sich.

»Was?«

»Sei ruhig. Ich denk' nach.« Er fing an zu lachen. »Ganz schön tückisch. Aber das klappt todsicher.«

»Was denn, verdammt nochmal?«

»Sowie du draußen bist, bittest du deinen Vater, er soll dir das Fahren beibringen.«

»Dafür hat er doch keine Zeit. Hat wirklich viel zu tun, jetzt als zweiter Vorsitzender.«

»Das ist ja gerade der Witz. Erstmal wird er geschmeichelt sein. Sein Sohn hat ihn um etwas gebeten. Dann machst du auf enttäuscht und traurig. Und dann fällt dir wie nebenbei der Automobil-Club ein.«

Mike setzte sich aufrecht und überlegte sich das. Dann lachte er in sich hinein. »Tückisch ist das richtige Wort. Aber du hast recht, man müßte es riskieren.«

»Immer Onkel Doug fragen. Ich bin ein alter Menschenkenner.«

»Also, ich lerne fahren, bekomme den Führerschein und übe in den Sommermonaten. Fehlt nur noch das Auto.«

»Ich hab' dir doch gesagt, ich bring das hin, daß du dir den Transporter ausleihst.«

»Das geht doch nicht.«

»Sei kein Idiot. Die Sache ist doch wichtig, oder?«

»Und wenn ich einen Unfall habe? Blechschaden? Was ist mit der Versicherung?«

»Du denkst zuviel nach, Mann. Mein Vater ist so versichert, daß alles gedeckt ist. Jeder kann den Wagen fahren, wenn er nur einen Führerschein hat.«

Mike dachte darüber nach. Er nahm sich Dougs Liste vor und las sie noch einmal durch. Er mußte unwillkürlich grinsen. »Könnte klappen.«

»Wird klappen. Das einzige, was jetzt wichtig ist: mach, daß du hier rauskommst.« Doug deutete gebieterisch auf die Tür. »Bei allem anderen helf' ich dir schon.«

Zwei Tage später kam Jim Gage morgens herein. Mit breitem Grinsen sagte er: »Sieht gut aus. Was hast du dir da ausgedacht? Jedenfalls, mach so weiter, und ich schmeiß dich hier raus. Dann normaler Ablauf, wöchentlich eine Spritze und Blutproben wie gehabt.«

»Und dann ... eine Remission?«

»Warum nicht? Sieht ganz vielversprechend aus.«

Eine gute Nachricht, und sie überraschte Mike nicht. Er wußte es. Er war ein anderer Mensch. Seit Doug sich seines Traums angenommen hatte und den mit Wirklichkeit erfüllte, war die Nacht zurückgewichen. Allmählich wurde er wieder Herr seiner selbst. Schon wahr, hie und da überfiel ihn ganz unvermutet ein bedrängendes Gefühl der Hilflosigkeit; aber nun hatte er eine Waffe gegen das Dunkel der Nacht: eine Weatherby Mark V mit einem Vierfach-Zielfernrohr, und im Fadenkreuz den gewaltigen Kopf mit einer Rekord-Trophäe.

»Ich bin stolz auf dich, Mike.« Jim Gage legte ihm sanft die Hand auf die Schulter. »Ich kann machen, was ich will, Dosierungen ausprobieren und wieder in Zweifel ziehen hinterher, aber wenn du nicht mitkämpfst, ist alles umsonst, und vor einiger Zeit dachte ich auch, es sei wirklich umsonst, jetzt kann ich's dir sagen. Aber das ist vorbei.«

»Ich hab' nämlich Pläne«, vertraute Mike ihm an. »Außerdem will ich dieses verdammte Haus nicht mehr sehen. Ist nicht persönlich gemeint.«

»Hast du was Besonderes vor?«

Mike zuckte die Achseln, aber dann kam sein Gehirn so auf Touren, daß Doug auf ihn stolz gewesen wäre.

»Also ich möchte ja für mein Leben gern fahren lernen und vielleicht auch mal ein eigenes Wägelchen haben.«

»Klingt prima.«

»Vielleicht können Sie bei meinen Eltern ein gutes Wort für mich einlegen. Sie kennen sie ja...«

»Ich werde sie bearbeiten, ist doch klar. Und du arbeitest bitte daran, daß du hier rauskommst. Ich kann dich nicht mehr sehen. Auch nicht persönlich gemeint.«

Am Donnerstag darauf war Mike schon entlassen, und am Ende der folgenden Woche hatte er es tatsächlich fertiggebracht, daß sein Vater mit den Fahrstunden einverstanden war. Es lief genauso, wie Doug es vorausgesagt hatte.

»Aber nur, wenn du durchs Theoretische kommst«, hatte sein Vater geblufft, bevor er ihn selber zur Theorieprüfung fuhr. Aber Mike hatte genügend Zeit gehabt, um die Verkehrsordnung, die Gebote und Verbote auswendig zu lernen; die Prüfung war eine Kleinigkeit, und als Mike herauskam, schwenkte er schon die kostbare Karte und zeigte sie seinem Vater, der im Wagen auf ihn wartete.

Seine Mutter bestand darauf, ihn von der Schule abzuholen und ihn wegen der Fahrstunden zum Automobil-Club zu fahren, damit er nicht ermüdete, und er ließ es ohne Protest geschehen, dankbar dafür, daß alles so glatt ging.

Er bestand die Fahrprüfung auf Anhieb. Es sah wieder einmal so aus, als wäre das alte Glück der Rankins zurückgekehrt.

Doug knallte ihm die Hand auf den Rücken, als er den Führerschein sah. »Wußt' ich's doch, du schaffst das. Jetzt brauchst du noch eine Menge Fahrpraxis mit dem Transporter.«

»Du erzählst deinem Vater doch nicht, was wir vorhaben?«

»Um Gottes willen. Er wäre zwar auf unserer Seite, aber dann hätte er doch das Gefühl, er müßte es eigentlich deinen Eltern sagen.«

Der neue Transporter, ein brauner Toyota mit Allradantrieb, kam gleich nach Ostern. Mr. O'Reilly ließ Doug und Mike damit fahren, wenn er ihn nicht selber brauchte. Er gab ihnen haufenweise Tips über das Schalten in rauhem Gelände und wie man bei steilem Gefälle herunterschaltet und den Motor als Bremse benutzt.

Mike fühlte sich etwas schuldig, weil er den Mann ja täuschte, aber er verdrängte dieses Gefühl und widmete sich dem großen Plan. Der April ging vorbei, und im Mai sprach Jim Gage das erlösende Wort: Remission.

Das hatte er noch gebraucht. Jetzt hatte er alles. Nur noch sechs Monate bis November. Er rannte zu Doug hinüber...

Drei Tage später sah er sich eine Sendung der Serie ›Jagdabenteuer‹ an, als ihn sein Vater aus dem Vorgarten rief.

»Was ist denn, Dad?« Ein Mann sprach gerade über die Sorte Fliege, mit der er eine sieben Pfund schwere Forelle gefangen hatte.

»Komm mal raus, Junge, muß dir was zeigen.«

Mike stand etwas unwillig auf und ging zur Haustür. In der Auffahrt stand ein hübscher kleiner Sportwagen, leuchtend rot, mit schwarzen Sitzen.

»Hast du dir einen neuen Wagen gekauft?« fragte er verdutzt. Das paßte nicht zu seinem Vater, der nur etwas für die großen Kreuzer mit Klimaanlage und lauter Automatik übrig hatte. Das Fahren selbst machte ihm überhaupt keinen Spaß.

Mike lief die Treppe hinunter und ging um das Auto herum. Fuhr mit der Hand bewundernd über die Lackierung. Fabrikneu. Er steckte den Kopf durchs Fenster und schaute aufs Armaturenbrett.

Sein Vater ergriff seine Hand und legte die Autoschlüssel hinein.

»Was?« Mike starrte darauf. Sein Name war auf dem Anhänger eingraviert. »Lieber Gott, heißt das...?«

»Gehört dir, mein Junge.« Sein Vater lächelte mit rotem Gesicht. »Für dich – alles.«

Das Gefühl ungeheurer Freude über sein schönes Auto

überwältigte Mike, und obwohl er am liebsten sofort hineingesprungen und mit Vollgas abgebraust wäre, einfach um zu sehen, was der Wagen hergab, kam er sich gleichzeitig ganz niederträchtig vor. Er fühlte sich schuldig, daß er sich so oft über seinen Vater geärgert hatte, und wußte doch, daß er sich bald von neuem ärgern würde. Und doppelt schuldig bei dem Gedanken, daß er wegen des Jagdausflugs die ganze Zeit ein falsches Spiel spielte.

Er hätte ihm gern die Schlüssel zurückgegeben, obgleich sein Herz schon an dem neuen Wagen hing – aber mit welcher Begründung? Seine Handflächen schwitzten. Er wischte sie an den Jeans ab, machte die Tür auf und glitt in den Fahrersitz. Schließlich konnte er ja nicht ewig draußen stehen bleiben. Innen roch es so wunderbar wie nur in neuen Autos – nach Metall und Leder und Plastik. Er sah sich das Armaturenbrett an. Nur 40 km auf dem Kilometerzähler...

Er schluckte und steckte den Schlüssel ins Schloß. Drehte um. Gab etwas Gas. Es schnurrte wie ein Kätzchen. Er schaute auf, und diesmal wußte er ganz genau, was seinen Dad glücklich machen würde.

»Wollen wir mal eine Runde drehen, Dad?«

»Mit breitem Lächeln sagte sein Vater: »Darum möchte ich doch sehr gebeten haben.«

Mike fuhr langsam die Auffahrt hinab. Die Straßen waren von dem Treibgut des Winters gesäubert, von Kies und Dreck, verlorenen Überschuhen und einzelnen Handschuhen. Die Holzapfelbäume blühten rot und weiß, und im Nachbargarten grüßten rotgelb gestreifte Tulpen herüber. Er fuhr vorsichtig, achtete auf alle Verkehrszeichen, drehte sich zurückblickend um, wenn er die Spur wechselte. Ein Teil seiner selbst war darauf bedacht, seinem Vater zu imponieren. Der andere Teil jubelte vor Freude und vor Stolz über das, was der Wagen leisten konnte, sein eigener, funkelnagelneuer Wagen...

Sie fuhren auf der Yellowhead-Route, und jetzt konnte sich Mike etwas entspannen. »Dad, ich danke dir, es ist wirklich toll. Es ist das Tollste, das mir je passiert ist.«

»Das freut mich.« Die Stimme seines Vaters klang etwas anders als sonst... vielleicht etwas weniger selbstbewußt? »Du... du bedeutest mir so viel, mein Junge, und es fällt mir so verdammt schwer, das zu sagen. Verstehst du?«

Mike blinzelte und mußte schlucken, den Blick fest auf die Straße gerichtet. »Ja. Geht mir ähnlich; weißt du, was ich kürzlich gelesen habe? Der Mensch müßte viermal am Tag gestreichelt werden, damit er die Lust am Leben behält. Hast du das gewußt? Vielleicht...«

Sein Vater lachte, aber es klang etwas unnatürlich. »Ich hab' da keine Übung mehr. Und du warst ja auch eine Weile ziemlich kratzbürstig.«

»Ich weiß. Ich war gemein. Ein bißchen durchgedreht und... auch wütend. Verstehst du?«

»Ja. Wir ja auch. Wir haben verschiedenes falsch gemacht, das hat uns Dr. Gage vorgehalten. Hat mich ziemlich verärgert, wie der uns erzählen will, daß wir unseren eigenen Sohn nicht liebevoll genug behandeln. Später hab' ich ihn dann verstanden. Aber es ist schwierig, seine Denkgewohnheiten zu ändern, wenn man erst einmal in die Jahre gekommen ist.«

»So alt bist du noch nicht, Dad.«

»Täusch dich da nicht.«

Mike schloß eine Sekunde lang die Augen und atmete tief ein. In seinen Händen fühlte er die Kraft des Motors, als er ganz leicht Gas gab. Der Wagen fraß die Kilometer, fast ohne daß man es merkte.

»He, he, he, Mike! Wo willst du denn hin? Nach Alaska?«

Mike schaute nach links und rechts. Ganz unbewußt war er von der Yellowhead auf die Hauptstraße 43 abgebogen, die nach Grande Prairie und Dawson Creek führte... aber zufällig auch zu der Abzweigung in die Swan-Berge.

Er nahm den Fuß vom Gas. Fast hätte er den ganzen Plan preisgegeben. Andererseits... vielleicht keine schlechte Idee. Sein Vater hatte sich geändert. Vielleicht würde er sich noch weiter ändern...?

Er beobachtete den Verkehr, wartete, bis die Straße frei war, und wendete. »Weißt du, Dad«, sagte er beiläufig, »woran ich am meisten gedacht habe, als ich im Krankenhaus war? An ein Camping in den Bergen. Ich bin ganz versessen darauf... im Zelt zu schlafen, auf dem offenen Feuer zu kochen, mich einfach gehen zu lassen... Ich wünschte, du kämst mal mit...«

Vorsichtig warf er einen Blick zur Seite. Sein Vater starrte verbissen auf die Straße. Mike sah, wie sich die Muskeln seines Unterkiefers spannten. Sonst bewegte sich nichts. Immobilien und Poker – in beidem war er gut. Das verstand er – seine Gefühle nicht zu zeigen.

Er sprach langsam. »Ich glaub' nicht, daß Camping so eine gute Idee ist. Da kann so viel passieren. Verbrennungen, Verletzungen durchs Beil. Ich kenne da einen Mann...«

»Lieber Gott, so was kann doch überall und jedem passieren. Solange ich eine Remissison habe, ist mein Blut genauso wie bei jedem anderen. Ich werde schon nicht ausbluten oder mich irgendwo anstecken oder so was.« Sein Vater gab keine Antwort. »Du denkst doch nicht, daß ich den Rest meines Lebens in Watte verpackt zubringen will?« Mit großer Anstrengung hatte er sich beherrscht, er klang ruhig und vernünftig, aber er umklammerte das Lenkrad so fest, daß seine Knöchel weiß wurden.

»Natürlich nicht, Mike. Aber du mußt einsehen, daß du in den Bergen gefährdeter bist als zu Hause. Die Woche im März, die möchte ich nicht noch einmal durchmachen, das kannst du mir glauben.«

Ich auch nicht, dachte Mike. Und dabei war ich derjenige, der sie am eigenen Leib durchgemacht hat, nicht du. Laß mich erwachsen werden. Sei mein Freund, Dad, wollte er sagen, aber er brachte es nicht fertig.

»Halt das Rad nicht so krampfhaft fest, Mike«, sagte sein Vater.

»Hast recht, Dad.« Er lockerte den Griff und atmete tief durch.

Er war erleichtert, als der Wagen wieder sicher in der Garage stand und die Schlüssel auf der Kommode in seinem Zimmer lagen. Es war ein Super-Auto, aber das Geschenk war so großzügig, daß er Gewissensbisse hatte. Doch jetzt war er sechzehneinhalb, er mußte auf seine Weise erwachsen werden in der Zeit, die ihm noch blieb. Die Trophäe an der Wand seines Zimmers. Sein Name auf einem Messingschildchen darunter. Dann würden sie verstehen, warum er es geheimhalten mußte. Er hoffte jedenfalls, sie würden es verstehen.

Der Juni verging im Handumdrehen, so vieles wurde geboten. Plötzlich, viel zu schnell, war es Zeit für die Schlußexamen. Er tat sein Bestes und war entschlossen, sich keine Sorgen zu machen. Es gab ganz andere Sachen, die einem Sorgen machen konnten. Zum Beispiel wieder neue Blutproben im Krankenhaus. Als müßte man die Prüfungsarbeiten noch einmal machen; erst die Anspannung und die Angst, dann die Warterei. Dann der Anruf am nächsten Tag. Gutes Blutbild, alles okay. Wieder ein Quentchen Zeit gewonnen, herübergerettet aus der Düsternis der Zukunft.

Er und Doug kauften einige wichtige Vorräte und verstauten sie in einem Karton unter Dougs Bett, wo kein Mensch jemals nachsehen würde. Sie fuhren mit Mikes neuem Auto in der Stadt herum. Es gab Grillpartys im Park, und er und Doug konnten ein paarmal fischen gehen, aber seine Eltern ließen ihn nicht über Nacht wegbleiben, so daß sie nie so weit nach Norden kamen, wo die Fische wirklich erstklassig waren.

Der Schlag kam in der dritten Juliwoche. »Tut mir leid«, sagte Jim Gage, »du mußt wieder rein.«

Ist doch komisch, dachte Mike, den Hörer ans Ohr

gepreßt, während seine Gedanken wirr durcheinanderliefen. Monatelang habe ich diesen Anruf gefürchtet. Jetzt ist er da, und ich kann's einfach nicht glauben. Vielleicht ist das ein böser Traum, und ich wache gleich auf. Er machte die Augen zu und betete: Laß es ein Traum sein, o Gott, laß das doch nicht zu. Bitte.

Als er die Augen aufmachte, stand er immer noch gegen die Küchenwand gelehnt, den Hörer in der herabgesunkenen Hand, und Jim Gages Stimme war ganz blechern und weit weg. Er nahm die Hörmuschel wieder ans Ohr.

»Mike, ist alles in Ordnung?«

»Ja, ja. Alles okay.« Er nahm sich zusammen. »Danke, daß Sie es mir selbst gesagt haben. Wann soll ich kommen?«

»Morgen früh reicht. Aber bitte nüchtern.«

»Klar.« Sein Mund war ganz trocken. »Sagen Sie, soll ich mit meinen Eltern...«

»Das mache ich schon selbst. Also bis morgen.«

»Bis morgen.«

Langsam ging er aus dem Haus und holte sein Auto aus der Garage. Er wollte zu Doug fahren, hier weg sein, bis Dr. Gage Zeit gehabt hätte, mit seinen Eltern zu sprechen. Aber Doug war nicht da, er hatte sein zweitjüngstes Schwesterchen zum Zahnarzt gebracht.

Mike stieg wieder ein und fuhr die Yellowhead-Route entlang, bog aber diesmal nicht nach Norden ab, sondern fuhr geradeaus nach Westen weiter, schneller und schneller. Die Straße raste unter dem Wagen weg, Bäume huschten blitzartig vorüber. Vorbeirollende Felder. Und wieder Bäume, dichtgedrängt am Straßenrand. Wenn er nur weit genug käme, so weit, um dem Dunkel zu entfliehen...

Ehe er sich's versah, war er in die böse Kurve am Carrot Creek hineingesaust, und der Wagen schleuderte und taumelte über die Bahn. Er schaltete schnell herunter und brachte das Auto wieder in seine Gewalt. Er schwitzte, und seine Hände zitterten. Schweratmend rollte er aufs

Bankett. Mensch, bist du dämlich, du willst dich doch nicht umbringen...?

Er wartete, bis die Straße frei war, wendete und fuhr in die Stadt zurück. Er hatte Hunger, stellte er fest. Das Mittagessen hatte er glatt vergessen.

Seine Mutter bemühte sich, ihre Tränen zurückzuhalten, als er ins Haus kam. Sie umarmte ihn. »Was haben wir nur falsch gemacht? Du bist übermüdet, hast zuviel getan, und ich hab' es zugelassen...«

»Doch nicht deine Schuld, Mam. Kein Mensch hat Schuld. Nun mach dir keine Sorgen.« Jetzt mußte er sie schon trösten.

August, September, Oktober. Noch drei Monate. Ich kann's noch schaffen, dachte er. Wenn Jim Gage die richtige Dosierung findet und dieses Ungeheuer in mir abwürgt, ohne mich umzubringen...

»Du mußt durchhalten, Mike«, bat der Arzt, als es ganz schlimm wurde. »Gib bloß nicht auf!«

»Ich nicht.« Mike versuchte zu lächeln. August, September, Oktober. Er stellte in Gedanken Listen auf und hakte die Posten einzeln ab. Er dachte so inbrünstig an seinen Hirsch, daß er ihn fast leibhaftig vor sich sah: mit kräftigem Nacken und breiten Schultern, mit majestätisch seitwärts und vorwärts geschwungenen Geweihstangen, die Sprossen sauber, lang und schön nach oben gewölbt. September, Oktober. Würde er noch rechtzeitig rauskommen? Doug kam jeden Tag, auch die Eltern besuchten ihn täglich. Aber die Nacht in sich zurückdrängen, das mußte er ganz allein.

Und wie durch ein Wunder war der Alptraum auf einmal vorbei, er war der wirklichen Welt zurückgegeben, fast als wäre nie etwas geschehen. Außer, daß das Essen jetzt besser schmeckte, die Sonne wärmer und der Himmel noch leuchtender blau schien.

Ein zweites Wunder außerdem: Mike hatte die Prüfungen bestanden trotz der vielen verlorenen Zeit. Im Oktober kauften er und Doug noch die letzten Vorräte, die nötig waren, und strichen die letzten Posten auf der Liste durch.

»Das Wochenende der Lehrertagung?« schlug Doug vor, aber Mike schüttelte den Kopf.

»Da will doch dein Vater mit dir gehen, und er hat mich niemals mitgenommen, ohne meine Eltern vorher zu fragen.«

»Bist du sicher, daß sie dich nicht weglassen?«

»Mehr denn je. Für mich heißt's: Nachmittagsvorstellung im Kino und um zehn ins Bett.«

»Mensch, das ist ja grausig!«

Mike zuckte die Achseln. »So sind sie eben. Sie meinen's ja gut.«

»Ich könnte das dritte Wochenende im November weg. Bis dahin hab' ich jedes Wochenende noch zu tun.«

Mike schaute auf den Kalender und kaute auf seiner Unterlippe herum. »Das geht nicht, Doug. Freitag ist der 1. November. Ich könnte Samstag früh losziehen...«

»Allein?«

»Du hast doch zu arbeiten.«

»Ja... aber...«

»Ich hab' dann das Wochenende, bleib' vielleicht noch ein paar Tage. Das wird eine Mordsschau, wenn ich zurückkomme, aber die hat sich dann auch gelohnt.«

»Ich wünschte, du wärst nicht allein. Du bist noch ein Anfänger, und dabei ist es für keinen da oben ungefährlich.«

»Ich muß das machen, Doug.« Er zögerte, suchte nach den richtigen Worten. »Noch drei Wochen. Wenn ich am 2. November noch beieinander bin, dann sollte ich eigentlich sofort gehen.«

»Schmeckt mir nicht.«

»Hör auf. Du klingst ja wie meine Eltern.«

Es lief wie am Schnürchen. Seine Eltern gingen am Freitagabend zu einer Party. Er würde sie nicht zurückkommen hören, aber es würde bestimmt spät werden. Wahrscheinlich würden sie bis Mittag schlafen. Mike ging früh ins Bett und stellte den Wecker auf fünf. Es war einer dieser stillen Wecker mit einem Lämpchen, das beim Wecken dauernd aufblitzt.

Beim ersten Blitz war er schon wach und setzte sich auf, mit ganz klarem Kopf. Er zog sich schnell und leise an – Thermo-Hemd und lange Unterhosen, die er vor Wochen heimlich gekauft und in einer verschlossenen Schublade seines Schreibtisches versteckt hatte.

Jeans. Ein leichtes Wollhemd, darüber die auffallend karierte Holzfällerjacke mit vier großen praktischen Taschen, eine davon speziell für Patronen. Seine Daunenjacke und die Stiefel waren im Flurschrank. Er nahm sich die Zeit, eine Decke der Länge nach zusammenzurollen und realistisch zurechtgebogen aufs Bett zu legen; er schüttelte ein Kissen auf und zog die Bettdecke über das Ganze. Ein Meisterwerk. Man hätte schwören können, daß er darunter schlief. Er ließ eine kurze Notiz zurück, damit sie nicht glaubten, er sei entführt worden oder dergleichen.

Es drängte ihn jetzt aufzubrechen, aber er zwang sich, alle Taschen genau zu überprüfen. Führerschein. Lizenz. Das dazugehörige Büchlein mit den Bestimmungen, das er vor zwei Wochen im Einkaufszentrum mitgenommen hatte, war schon jetzt ganz zerlesen. Die Jagdmarke hatte er sorgfältig in die rechte Brusttasche der Jacke eingeknöpft. Schon damit umzugehen, ließ sein Herz höher schlagen. Endlich schien sein Traum in Erfüllung zu gehen...

Die Marke war ein einfacher Metallstreifen mit der Nummer, die auch auf der Lizenz eingeprägt war. Wenn er einen Hirsch geschossen hatte – seinen Hirsch –, mußte er die Metallmarke um eine Geweihstange legen und festziehen. Der Schellenverschluß, einmal angezogen, war nicht mehr zu lösen, er konnte nur noch aufgeschnitten werden. Zu jeder Abschußerlaubnis gehört eine Marke, und wehe dem Jäger, der mit Wild, aber ohne Marke und ohne Erlaubnis erwischt wurde. Die Marke erinnerte ihn doch an etwas? Stirnrunzelnd suchte er in seinem Gedächtnis. Die Krankenhaus-Marke, ja, das war es; sie wurde bei der Aufnahme um das Handgelenk gelegt, festgemacht, und bei der Entlassung abgeschnitten.

Die Zeit verging. Er schloß das kleine Gewehrschränkchen auf, das ihm sein Vater geschenkt hatte, nahm seine Büchse vorsichtig heraus und holte sich ein Patronenpäckchen aus der Schreibtischschublade. Das Gewehr muß eingepackt sein, fiel ihm ein. Es war gegen das Gesetz, mit einer uneingepackten Feuerwaffe herumzufahren. Er ließ das Gewehr in ein Reisefutteral gleiten und sah sich noch einmal um. Das war's also.

Er nahm den Rucksack auf, ergriff das Gewehrfutteral mit der anderen Hand, machte die Tür auf, schlich hinaus und schloß die Tür behutsam hinter sich. Auf Socken ging er am Schlafzimmer der Eltern vorbei, durch das Wohnzimmer zur Wohnungstür, dann aber wieder zurück zur Tiefkühltruhe, wo er eine Packung Koteletts herausholte, die er in eine Rucksacktasche schob. Er schnürte sich die Stiefel zu und zwängte sich in seine Daunenjacke. Morgens, 5 Uhr 30, am 2. November, da biß die Kälte ganz schön.

Mit angehaltenem Atem ließ er die Eingangstür langsam aufschwingen, sie quietschte oft. Dann schloß er sie sanft und vergewisserte sich, daß sie richtig eingeklinkt war. So. Es war geschafft.

Er ging ziemlich schnell und war sehr erleichtert, als er in der Kurve vom Haus aus nicht mehr zu sehen war. Dauernd wollte er über die Schulter zurückschauen und loslaufen, aber er stellte sich vor, was sie in einem zufällig vorbeikommenden Streifenwagen wohl denken würden, wenn er da mit Gewehrfutteral unterm Arm durch die nächtlichen Straßen galoppierte. Er zwang sich, gleichmäßig und zielstrebig auszuschreiten wie jemand, der genau weiß, was er tut und wohin er geht, ohne Böses im Schilde zu führen.

Noch ein paar Minuten, dann war er beim Transporter.

Die Vorarbeiten waren alle schon in der vorigen Nacht erledigt worden. Doug hatte sich den Wagen von seinem Vater geliehen – er wolle nach der Arbeit mit ein paar Freunden vom Jagdclub rausfahren und draußen kampieren. Mike war vorbeigekommen, um ihm »behilflich zu sein«, und zusammen beluden sie den Wagen mit dem neuen Zelt, Mikes Schlafsack – beides schon vor Tagen aus Mikes Haus herausgeschmuggelt –, einer Luftmatratze und einem Beil, das Dougs Vater gehörte.

Dieser war beim Aufladen gerade vorbeigekommen auf seinem Weg zur Nachtschicht in einer Ölraffinerie im Osten der Stadt. »Hoffe, du bist bald auch wieder dabei, Mike«, hatte er aufmunternd gesagt. »Wie geht's denn?«

»Ganz gut, Mr. O'Reilly. Klar, daß ich bald wieder mit dabei bin.«

»Das freut mich. Gute Nacht, Jungs.« Er hatte ihnen zugewinkt und war dann in seinem alten Kombiwagen abgefahren.

Als er weg war, sagte Mike nach langem Schweigen schuldbewußt: »Den anzulügen ist besonders schlimm, so einen anständigen Kerl.«

»Geschieht alles für die gute Sache«, sagte Doug. Er klang ganz munter, aber Mike sah, daß er rote Ohren bekommen hatte.

»Der wird dir aber einheizen, wenn er dahinterkommt, was?«

»Wahrscheinlich. Das nehm' ich ganz sicher an. Aber mach dir keine Sorgen. Ich werd' schon damit fertig, und er ist nicht von der Sorte, die einem lange böse ist. Also weiter. Ich glaub', wir haben alles. Wir gehen nochmal die Liste durch. Zelt, Schlafsack, Matratze, Beil, Seil...«

Doug hatte den Transporter zum Einkaufszentrum in der Nähe von Mikes Haus gefahren und dort auf dem leeren Parkplatz abgestellt. Es war ziemlich dunkel, ein paar schmale Wolkenstreifen hingen am Himmel. Die Jungen stiegen aus und sahen sich eine Minute lang stumm an.

»Am besten nimmst du jetzt die Schlüssel.« Doug reichte sie Mike.

»Dank dir. Für alles. Weißt ja.« Mike steckte sie ein.

»Wetter sieht gut aus«, sagte Doug mit Blick auf den Himmel.

»Ja. Schön und klar. Sicher gutes Jagdwetter.«

»Ja.« Doug trat von einem Fuß auf den anderen und kickte einen Kiesel weg. »Kann sich aber auch schnell wieder ändern. Mike, paß auf dich auf. Denk an all das Zeug, das wir gelernt haben.«

»Mach' ich. Wird schon gehen.«

»Hoffentlich. Wenn dir da oben was passiert, dann ...«

»Keine Angst. Ich paß' schon auf. Wär' ja auch nicht deine Schuld. Ich meine, ich mußte das sowieso machen, so oder so. Du hast mir nur geholfen, daß es überhaupt möglich geworden ist.«

»Also dann viel Glück.« Doug streckte ihm plötzlich die Hand entgegen. Mike schüttelte sie verlegen. In den elf Jahren ihrer Freundschaft hatten sie sich nie die Hand gegeben. Auf einmal war alles so formell und feierlich geworden, als ginge es in den Krieg. »Du kriegst deine Trophäe, Mike. Ich hab' da ein gutes Gefühl.«

»Ich auch. Dank dir, Doug.«

Es fiel ihnen schwer, sich zu trennen. Mike klapperte mit den Schlüsseln in der Tasche, wandte sich ab und ging über den Parkplatz. Doug lief in entgegengesetzter Richtung. Als sie an die Straße kamen, drehten sie sich noch einmal um. Winkten.

Guter alter Doug, dachte Mike morgens 5 Uhr 35 am ersten Samstag im November, als er durch die bläulich erhellten Straßen zum Einkaufszentrum ging. Da stand der Transporter tatsächlich; eine Weile hatte Mike die unsinnige Angstvorstellung gehabt, der Wagen könnte inzwischen spurlos verschwunden sein. Aber da stand er, braun, eckig, verläßlich, die vereisten Scheiben im bläulichen Laternenlicht glitzernd.

Mike schloß die hintere Tür auf und verstaute Gewehr und Rucksack. Er stieg vorne ein und ließ den Motor an, ließ ihn eine Weile zum Anwärmen im Leerlauf laufen, während er das Eis von den Fenstern kratzte. Er stieg wieder ein und schälte sich aus der Daunenjacke, die er auf den Beifahrersitz legte. Er gurtete sich an und fuhr über den Parkplatz zur Straße in Richtung Yellowhead und dann Barrhead, Fort Assiniboine und Swan-Berge.

9

Mike starrte auf die sauber eingezeichneten Hufabdrücke des großen Hirsches im frischen Schnee. Fast zehn Abdrücke hier... er war dem Hirsch seit Stunden gefolgt. Der hielt sich jetzt sicher irgendwo im Unterholz auf, um wiederzukäuen. Die Sonnenstrahlen fielen durch die dichtstehenden Bäume schräg ein und verbreiteten etwas Wärme. Der Hirsch würde sich wahrscheinlich ein warmes Plätzchen gesucht haben.

Es war windstill. Vor vier Tagen hatte die Jagdsaison angefangen, aber er hatte noch keinen einzigen menschlichen Laut gehört, seit er vor zwei Tagen sein Lager aufgeschlagen hatte, wenn man die Geräusche gelegentlicher Flugzeuge ausnahm, die hoch oben schnurgerade den Himmel durchzogen. Es gab nichts, was den Hirsch beunruhigen könnte. Nichts – außer möglicherweise seiner Anwesenheit.

Er wünschte sich, Doug wäre hier. Zu zweit könnten sie ein sauberes Umfassungsmanöver planen; einer umgeht den Hirsch in weitem Kreis bis ins nächste Tal, und sein Geruch schreckt den Hirsch auf und treibt ihn dem anderen zu, der ihn schon erwartet.

Aber er war auf sich gestellt. Und bis jetzt hatte er es ja auch nicht anders gewollt. Er biß sich auf die Lippen und überdachte die Möglichkeiten. Er könnte in einem sicheren Versteck geduldig auf der Lauer liegen, bis der Hirsch auf der gleichen Fährte zurückstrebte, um in der Bodenrinne zu Abend zu äsen. Genau das, was der erfahrene Waldläufer vermutlich auch tun würde.

Oder aber, er könnte der Fährte folgen in der Hoffnung, den Hirsch auf seinem Rastplatz zu überraschen und rechtzeitig seinen Schuß anzubringen. Allerdings bestand hier die Gefahr, daß der Hirsch merkte, was da vor sich ging – und dieser Große war ja kein Dummkopf –, und vor ihm gemächlich herlief, immer so gerade außer Schußweite, bis Mike entweder die Orientierung verlor oder völlig erschöpft war oder beides. Doch trotz der offensichtlichen Nachteile entschied er sich für die zweite Lösung. Er hatte seit kurzem schon zuviel und zu oft warten müssen, jetzt galt es, einmal etwas zu tun.

Er folgte der Spur, immer nur ein paar Schritte, und pausierte dann, um zwischen den dichtstehenden Bäumen hindurch so weit wie möglich nach vorn, nach rechts und links Ausschau zu halten, dann das Mittelfeld mit den Augen abzusuchen, etwas tiefer jetzt, um vielleicht einen Blick auf ein großes Geweih zu erhaschen unter all den toten Zweigen, die selber überall wie Geweihstangen aufragten, oder auf die Rundung einer grauen Schulter in diesem Umfeld grauer Schatten.

Wie gut konnte sich denn ein Hirsch, der so groß war wie seiner, in dieser Art von Dickicht verstecken? Hier war wenig dichter Untergrund zwischen den Bäumen, dafür fiel nicht genügend Licht ein. Aber hier gab es viel Windbruch. Wenn der Sturm einen alten Baum umstürzte, so riß dieser im Fallen viele andere Bäume mit sich. In so einem Gewirr von Baumstämmen und gebrochenen Ästen mußte der Tagesrastplatz seines Hirsches zu finden sein.

Langsam bewegte er sich vorwärts. Nicht weit weg keckerte ein Eichhörnchen unaufhörlich, es war noch nicht ärgerlich, fühlte sich aber gestört. Mike erstarrte und blieb mit angehaltenem Atem stehen. Hoch über ihm in den Ästen, etwas zur Linken, war ein Getrippel zu hören. Schon gut, geh' ja schon, murmelte er, ging weiter und verließ dabei das Revier des Eichhörnchens.

Der Hirschwechsel schlängelte sich von links nach rechts um natürliche Hindernisse herum, aber im Grunde führte er hügelabwärts und nach Westen, tiefer in die Berge hinein. Hier waren viele andere Wildpfade. Sie liefen kreuz und quer, manchmal streckenweise nebeneinander her und dann wieder durcheinander. Aber trotz aller Verschiedenheit führten sie offenbar alle abwärts und nach Westen. Die Abdrücke seines Hirsches unterschieden sich von den anderen, sie waren tiefer, größer und klarer gezeichnet. Unendlich langsam drang Mike weiter in den Wald ein.

Es muß fast Mittag gewesen sein – die Sonne stand etwa fünfundzwanzig Grad über dem Horizont, genau im Süden –, als die Bäume nicht mehr so dicht zu stehen schienen. Er bekam hie und da etwas mehr von dem blauen, wolkenlosen Himmel zu sehen. Es wurde auch wärmer, die Sonnenstrahlen drangen zwischen Fichten und Kiefern durch und wärmten die Erde auf. Kam er etwa wieder zu einem anderen größeren Graben? Aber wieso denn hier, fast im Talgrund, das wäre ja seltsam...

Er mußte sich jetzt noch vorsichtiger bewegen, denn er hatte weniger Deckung. Sechs Schritte. Pause. Den Hintergrund mit Blicken abtasten, links und geradeaus und rechts. Dann den Mittelgrund. Schließlich alles unmittelbar vor sich. Kurz darauf kam er an eine Stelle, wo der Mittelgrund einfach fehlte. Das war doch nicht möglich? Dann stellte er fest, daß er über eine enge Talschlucht auf die Hügelflanke gegenüber starrte, die wie das Spiegelbild des Hanges war, auf dem er stand.

Einen Augenblick lang hatte er den Eindruck, er wäre dieser Spur schon einmal gefolgt und ginge dauernd im Kreis. Er erschrak bei dem Gedanken, wie leicht es war, sich hier zu verirren, so tödlich leicht in diesen sanft geschwungenen, baumbesetzten Hängen, die sich alle spiegelbildlich glichen.

Er fuhr sich mit der Zunge über die trockenen Lippen und rief sich zur Ordnung. Er wußte, er hatte mit dem Kompaß die Richtung zum Freeman und dem Lager bestimmt. Er konnte sich gar nicht verirren, außer er verlor den Kopf. Nicht in Panik geraten, befahl er sich, du bist Herr der Lage. Nichts fehlte ihm. Er wußte, wo er war und was er tat. Er wußte, wie er hergekommen war und wieder herauskommen würde. Er wiederholte sich das so lange, bis sein Herz zu hämmern aufhörte. Wieder ging er weiter, bis nur eine einzige Baumreihe ihn von dem offenen Grund dahinter trennte.

Blendendes Sonnenlicht lag golden über einem dichten Gestrüpp aus kleinen Schößlingen, dünnen Espen und kniehohen Nadelbäumchen, die wie Mini-Christbäume aussahen, verziert mit kleinen Buckeln aus Schnee. Irgendwo aus der Mitte des Gestrüpps kam schwach das Geräusch fließenden Wassers. Noch vor einer Woche hätte Mike so einen winzigen Laut nicht vernommen, aber in den zwei Tagen seines Hierseins hatten sich seine Ohren an feinere Schwingungen gewöhnt, geschult an Geräuschen, die höchstens so laut waren wie der Gesang der Meisen, das Schimpfen eines Eichhörnchens oder Hähers und sein eigener Atem und Herzschlag.

Er verharrte reglos, bemüht, ruhig zu atmen. Er schaute in den Grund eines winzigen Tals, das keinen Fluß wie den Freeman vorzuweisen hatte, sondern nur ein nirgendwo verzeichnetes Wässerchen, völlig unbedeutend außer für die Tiere, die zum Trinken herkamen.

Mit einem Mindestaufwand an Bewegung, unmerklich fast, hob er das Gewehr und benutzte das Fernrohr, um das Gelände da unten rechts zu durchforschen. Beinahe wäre er an diesem Fleckchen Grau vorbeigeglitten, so klein war es, so belanglos. Und er war tatsächlich schon daran vorbei, als eine unbeantwortete Frage im Unterbewußtsein ihn innehalten und das Gewehr sacht zurückführen ließ.

Das Fernrohr stand gerade richtig, als der große Kopf hochkam und umheräugte. Mike konnte die Sprossen zählen, die Geweihauslage berechnen. Sein Herz schlug so laut, daß er die Schläge hörte, und seine Ohren waren innen wie mit Wolle überzogen, so wie man es im gerade abhebenden Düsenflugzeug empfindet. Er schluckte, gewann sein Gehör zurück und zwang sich dazu, ruhig und langsam zu atmen. Oh du Prachtkerl! Er betrachtete ihn durchs Fernrohr. Der Kopf blieb oben, der Hirsch war auf der Hut. Konnte er ihn sehen? Wittern? Die Ohren zuckten einmal, vor und zurück. Dann senkte sich der Kopf wieder zum Wasser hinab, aus Mikes Blickfeld heraus.

Ganz weich schob Mike den Verschlußbügel nach vorn und unten. Die Patrone war nun in der Kammer verriegelt. Die Nase des Abzugsstollens griff automatisch in die Nut des Schlagbolzens ein. Das Gewehr war jetzt gespannt, schußbereit, und es hatte nicht mehr als ein leichtes Klicken gegeben.

Mike spähte durchs Fernrohr, als der Kopf wieder nach oben kam. Er erstarrte ... eine leichte Brise kam vom Tal. Er spürte sie kühl auf seiner Stirn. Es war ihm nicht klar gewesen, daß er schwitzte. Seine Augen tränten, er sah nur noch verschwommen. Er preßte die Lider fest zusammen und schaute dann von neuem. Jetzt war es besser.

Sein Hirsch war wachsam, aber nicht alarmiert. Mike starrte ihn an, und ihm war, als verliefe zwischen ihm und seinem Hirschen ein Faden, so dünn und zart wie der Faden eines Spinnennetzes. Er wußte mit Sicherheit, daß sein Hirsch nicht noch einmal trinken würde. Er würde sich trollen. Ohne Hast, er war nicht erschreckt, nur etwas unruhig.

Mike bewegte das Gewehr langsam etwas nach unten und nach links, bis er durch das Zielfernrohr die massige Schulter sah. Endlich war der Augenblick seines Sieges gekommen. Der Zeigefinger seiner rechten Hand lag leicht auf dem Abzugsbügel. Nur ein sanfter Druck – und der ganze Zerstörungsmechanismus lief ab. Der Abzugsstollen würde aus der Nut herausgleiten, und die Schlagbolzenfeder würde den Schlagbolzen genau auf die Mitte des Patronenbodens schnellen lassen, wobei das Zündhütchen die Pulverladung zünden würde. Durch das gezündete Pulver würde in der verriegelten Kammer ein Gasdruck entstehen, der das Geschoß aus der Patronenhülse durch den Gewehrlauf jagte.

Bei einer Entfernung von hundert Metern würde das Geschoß auf der Stelle in der Schulter des Hirsches, die Mike gerade im Fadenkreuz hatte, schon auftreffen, bevor sein Gehirn den Knall überhaupt registrieren konnte. Eine Patrone mit ein paar hundert Pulverkörnchen läßt das Geschoß mit siebenhundertsiebzig Meter pro Sekunde ins Ziel schießen, wo es im Hirschen die Schultermuskel durchschlägt, das Lungengewebe und vielleicht das Herz durchdringt, und dabei pilzt die weiche Geschoßspitze auf und verursacht starke innere Blutungen.

Dieser Weißwedelhirsch hatte angesichts Mikes ruhiger Hand und scharfem Auge keine Chance mehr. Mike konnte ihn unmöglich verfehlen. Es war die Trophäe seiner Träume. Nein, sie war noch besser. Sie war größer und dreidimensional. Sie war real.

Sein Finger lag am Abzug. In fünf Minuten würde alles vorbei sein, und er würde in diesem kleinen, sonnenbeschienenen Talgrund stehen, die Jagdmarke aus der Tasche nehmen und sie um eine der gewaltigen Geweihstangen legen. Und damit hatte er endlich und unbestreitbar seinen Hirsch. Seine Trophäe.

Er dachte an den weichen Metallstreifen und hörte in Gedanken schon das schwache Klicken beim Einrasten in den Schellenverschluß, und in diesem Augenblick traf ihn die Erinnerung wie ein Blitz. Er war wieder in der Aufnahme. Es war der dritte Besuch, und es stand schlecht um ihn. Die Schwester legte ihm die Plastikmarke um das

Handgelenk und machte sie fest. Sein Name war darin eingeprägt: MICHAEL RANKIN. Er hatte auf sie hinabgeblickt, auf diese Sklavenmarke, und sich bedrückt gefragt, wann sie wohl abgeschnitten würde. Wenn überhaupt... vielleicht würden sie einen noch mit der Marke am Handgelenk begraben? Lieber Gott, o mein Gott, es ist so ungerecht. Warum gerade ich?

Sehr sanft löste sich Mikes Zeigefinger vom Abzug. Er hob das Gewehr wieder an, etwas nach rechts, bis der Kopf des Hirsches in der Mitte des Fadenkreuzes erschien. Du gehörst mir, sagte er seinem Hirschen, du bist mein. Und heute bin ich Gott. Schnell, bevor er sich wieder eines anderen besinnen konnte, schob er mit einer heftigen Bewegung den Verschlußbügel nach oben. Das Schloß wurde von der Kammer getrennt, und der zurückfahrende Verschlußbügel nahm den Schlagbolzen mit nach hinten.

Diesmal klickte es laut, und es kam Mike so vor, als ob dieses Klicken rund um den Erdball widerhallte, als ob das Weltall schweigend und gebannt auf seine Entscheidung gewartet hätte.

Die Zeit, die einen Augenblick lang stehengeblieben war, lief wieder weiter, sanft wie das Wasser, das er zwischen eisüberzogenen Ufern rieseln hörte, sanft wie das Gewisper des Espenlaubs, das noch an den Schößlingen hing, die er büschelartig auf beiden Seiten des Baches vermutete. Von ferne keckerte ein Eichhörnchen.

Der Hirsch schnaubte. Mike sah die Dampfwölkchen aus den Nüstern steigen. Der weiße Wedel schnellte nach oben und ließ den weißen Spiegel sehen. Die Ohren zuckten und legten sich zurück, und mit einem grandiosen, eleganten Sprung flog der Hirsch über den Bach und weitere fünf Meter Unterwuchs. Man hörte die kleinen Bäume brechen und zurückschnellen. Dann war der Hirsch verschwunden, aufgelöst wie Rauch, der in den Schatten der Bäume am Südhang des Tals gezogen ist.

Mike nahm das Gewehr herunter und ging langsam durch das Unterholz, bis er auf den Bach stieß, dessen Ränder eisverkrustet waren. Er kauerte sich zum Trinken nieder. Das Wasser war kalt und sehr weich, frisch wie aus dem Paradies. Er brauchte nicht viel, um den Durst zu löschen. Dann suchte er umher und fand ein kleines Sandplätzchen, von Schnee freigeblasen und warm in der Sonne. Hier setzte er sich hin und aß ein Käsebrot und einen Gesundheits-Riegel.

Als er gegessen hatte, kam er nochmal zum Trinken zurück, nicht weil er Durst hatte, sondern weil ihm das klare Wasser so gut schmeckte. Er streckte sich mit hochgereckten Armen und sog die reine, kalte Luft in sich ein. Leben – wie wunderbar!

Er bestimmte mit dem Kompaß die Richtung nach Osten und kletterte wieder hangaufwärts. Er hatte von sechs Uhr in der Früh bis zum Frühnachmittag gebraucht, um seinen Hirsch aufzuspüren und ihm einen Hang hinauf und auf der anderen Seite wieder hinunter bis ins Tal nachzupirschen. Der Rückweg zum Lager würde nicht länger als zwei Stunden dauern, wenn er gemächlich den Wildpfaden entlang marschierte und nur anhielt, wann es ihm gerade einfiel, etwa um den würzigen Geruch sonnenwarmen Fichtenharzes zu genießen oder sich über die Pracht der vom Schnee befreiten Steinbeeren zu freuen.

Zum letzten Mal machte er ein Feuer, setzte Kaffeewasser auf und stellte die Bratpfanne auf das Feuer, wo es am heißesten war, und ließ ein Riesenkotelett darin brutzeln. Während es briet, schlug er sein Zelt ab, legte und packte es zusammen und stellte seine anderen Sachen schon zurecht, um sie anschließend zum Auto bringen zu können.

Würde er je hierher zurückkommen? Wenn nicht – jedenfalls besaß er die unverlierbare Erinnerung an diese Tage. Er streckte die Hände zum Feuer, dabei glitten die Jackenärmel zurück und entblößten die immer noch bleichen, dünnen Handgelenke. Er wärmte sich die Hände an der Glut; gegen das Licht konnte man fast die Umrisse der Knochen und das rosige Blut erkennen, das durch den Körper pulste.

Der Weg, auf dem er sich befand, war kein Entweder-Oder-Weg. Es war nicht entweder das Leben oder der Tod, worauf er zuging. So war das nicht, die ganze Zeit hatte er das falsch verstanden. Der Weg führte *durch das Leben* zum Tod, und der mußte am Ende kommen, sonst wäre das Leben so fade wie Brot ohne Sauerteig.

Als er mit dem Kotelett fertig war und die Reste ins Feuer geworfen hatte, trank er ganz gemütlich seinen letzten Becher Kaffee, der heiß und süß war und schwach nach Rauch schmeckte; wer dieses typische Aroma von Feuer und Wildnis mit abfüllen könnte, dachte er, der müßte ein Vermögen verdienen. Er fing nun damit an, seine Habseligkeiten auf dem Uferpfad zum Transporter zu schleppen.

Vor dem letzten Gang machte er erst noch das Feuer aus, verstreute die Reste in der Runde, schaufelte gefrorene Erdbrocken darüber und obendrein noch etwas Schnee. Jetzt sah es aus, als wäre er nie hier gewesen, wenn man von der viereckigen, schneelosen Stelle absah, wo das Zelt gestanden hatte. Die Sonne war kurz vor fünf untergegangen, jetzt war es sieben Uhr. Um halb elf würde er zu Hause sein.

Hoch über ihm leuchteten nacheinander die Sterne auf und besetzten das Dunkel des Himmels mit ihren vertrauten Mustern, wie um ihm Mut zuzusprechen. Er schulterte den Rucksack, nahm das Gewehr und sah sich zum letzten Mal um.

Jetzt, da das Feuer gelöscht war, kam das Dunkel aus seinen Verstecken zwischen den Bäumen und umhüllte ihn ganz, als er schwerfällig dem Uferpfad entlang ging. Aber das Dunkel quälte ihn nicht mehr. Es hatte sogar etwas Tröstliches. Er und das Dunkel waren einander begegnet in diesem unendlichen Augenblick, als er in seinem Vierfach-Zielfernrohr den Hirsch, seine Trophäe, erblickt hatte. Und er hatte sein Gegenüber erkannt und verstanden, daß der Feind, vor dem er so lange versucht hatte zu fliehen, in Wirklichkeit sein Freund war.

MONICA HUGHES

Antia, Prinzessin von Kamalant und Komilant muß ihre Heimat verlassen, um angeblich den Sohn des Herrschers über die karge Wüsteninsel Roshan zu heiraten. Für das fremde Land und seine Bewohner hat sie nichts als Verachtung übrig.
Ihre ehrgeizigen Pläne, das Geheimnis der Großen Düne zu ergründen, kosten sie beinahe das Leben. Aber es stehen ihr noch aufregende Abenteuer bevor, bis sie begreift, daß ein gefährlicher Gegner sein Spiel mit ihr treibt. Mit Hilfe von Sandara, die das kostbare Geheimnis hütet, versucht sie, seine Pläne zu durchkreuzen. Dabei erkennt sie, daß Überleben nur im Einklang mit strengen Gesetzen der Natur möglich ist. Eine Lebensweisheit, die man in ihrer reichen Heimat längst vergessen hat.

Ausführliche Informationen zu den Titeln der BENZIGER EDITION erhalten Sie in Ihrer Buchhandlung oder direkt beim Verlag, Postfach 5169, 8700 Würzburg.

Monica Hughes
Das Geheimnis der Großen Düne
200 Seiten. Ab 12

BENZIGER EDITION
IM ARENA-VERLAG

dtv pocket
lesen – nachdenken – mitreden

dtv pocket 7822

dtv pocket 7841

dtv pocket 7832

…34

dtv pocket 7817

dtv pocket 7819